10

La fille des Louganis

Metin Arditi

La fille des Louganis

roman

ÉDITIONS FRANCE LOISIRS

Édition du club France Loisirs,
avec l'autorisation des Éditions Actes Sud

Éditions France Loisirs,
123, boulevard de Grenelle, Paris.
www.franceloisirs.com

ISBN : 978-2-298-01140-1

à David Parianos

De tous les pays de vos pères et de vos aïeux vous devez être chassés. C'est le pays de vos enfants que vous devez aimer : que cet amour soit votre nouvelle noblesse, l'inexploré en l'océan le plus lointain ! C'est ce pays que j'ordonne à votre voile de chercher et de chercher.

FRIEDRICH NIETZSCHE,
Ainsi parlait Zarathoustra.

SPETSES

I

Samedi 2 février 1952

Spiros Louganis et son frère Nikos étaient morts ensemble. Ils avaient eu la tête arrachée par l'explosion d'un pain de dynamite. Le malheur s'était produit alors qu'ils pêchaient du côté d'Ayos Yannis[1], un coin où les loups et les daurades faisaient jusqu'à huit ou dix kilos.

Les poissons vivaient en eaux profondes, et les frères, qui les pêchaient avec la même violence qu'ils mettaient en toutes choses, n'hésitaient pas à forcer la charge. D'après la police, le pain qui les avait tués devait peser trois à quatre kilos, peut-être même cinq.

User de la dynamite, c'était déjà défier le destin. A Spetses, bien des pêcheurs avaient donné au « bâton » qui un bras, qui un œil, qui encore (et beaucoup) quelques doigts. Mais deux morts, et d'un coup, c'était la première fois.

Au moment de l'explosion, Petit Andonis, celui qui tenait sa tête légèrement penchée à droite, comme pour s'excuser, pêchait à la traîne à cent mètres du *Dio*

1. Saint-Jean.

Adelfia[1], le caïque des Louganis. « Ils se disputaient sur la taille de la mèche », raconta-t-il plus tard dans les locaux de la police, puis au café, chez Stamboulidis, puis à chaque coin de rue, à qui voulait l'entendre. Petit Andonis en était sûr : la voix dominante était celle de Spiros, l'aîné, le plus fort des deux frères, un colérique toujours sur le point d'éclater.

Une fois de plus, Petit Andonis affabulait. Dans les instants qui avaient précédé l'explosion, il devait tout à la fois surveiller sa traîne, maintenir son bateau à faible vitesse et garder le cap. Il n'était pas homme à pouvoir faire quatre choses en même temps... De toute façon, il n'aurait pas pu saisir le détail de propos échangés à cent mètres de sa barque. Heureusement pour lui, l'île était dans un tel émoi que personne ne songea à contester son récit.

Au moment de l'explosion, l'onde de choc avait été si forte qu'elle l'avait frappé comme une gifle. Il s'était mis à trembler tout entier. « Ils sont morts, ils sont morts », avait-il répété à haute voix. Debout dans sa barque, hébété, il était resté cinq longues minutes le dos tourné au *Dio Adelfia*, sans oser bouger. Puis il avait scruté l'horizon, toujours sans se retourner. Il n'y avait personne qui aurait pu l'aider à ramener les frères au Vieux-Port. Il avait alors ramé jusqu'au *Dio Adelfia*, dos à la proue, sans même penser à baisser sa voile. Lorsque son caïque buta contre le bateau des Louganis, il avait bien dû tourner la tête. Il l'avait fait à contrecœur, lentement, les yeux clos. Il avait alors entrouvert les paupières, d'abord très peu, ce qui ne lui permit de voir du caïque que son contour, puis, poussé par le besoin d'en finir, il avait ouvert les yeux tout grands d'un

1. *Les Deux Frères.*

coup. Des morceaux de chair et d'os jonchaient le fond du caïque. A un mètre de la poupe, il aperçut une tête et se détourna d'un mouvement si brusque qu'il dut se rattraper à la barre pour ne pas glisser.

Il aurait voulu fuir. Mais chacun savait qu'il allait toujours pêcher au large d'Ayos Yannis. Une heure plus tôt, Dinos, l'aubergiste, l'un des rares qui le traitaient avec gentillesse, lui avait lancé : « Je parie que ce soir tu me proposeras une belle daurade. » Si maintenant il partait, Dinos ne pourrait pas cacher qu'ils s'étaient croisés. Toute l'île dirait : Petit Andonis a détalé comme un lapin... Il les entendait déjà rire chez Stamboulidis...

Debout dans sa barque, dos tourné au *Dio Adelfia*, il resta figé durant une longue minute, puis finit par se ressaisir, détacha sa voile et, le regard tourné sur le côté, en recouvrit autant qu'il put ce qui restait des frères. Après quoi il s'amarra au caïque et, le cœur battant, entreprit de le haler en direction du Vieux-Port.

Alors qu'il s'approchait de la jetée, une joie inattendue le secoua comme un éclair. De ce drame, il pourrait tirer parti ! Il avait été l'unique témoin d'une tragédie comme Spetses n'en avait jamais connu. Tout le monde en parlerait. On l'écouterait ! On le solliciterait pour un compte rendu de première main ! Lui à qui d'habitude les hommes du café disaient de se taire avant qu'il ait pu achever sa phrase... Ou alors, s'ils le laissaient la terminer, c'était pour se moquer... Ou pour lui dire une fois de plus : « Petit Andonis, tu es notre Einstein » (qu'ils prononçaient *Aystay*). Dans des moments pareils, il les détestait de toutes ses forces. Il aurait voulu être respecté, écouté, pris en compte… Mais voilà… Pour l'île entière, à trente-huit ans, il était toujours Petit Andonis, celui qui tenait sa tête légèrement penchée à droite, vivait avec sa mère, la couturière *kiria*[1] Maritsa, et ne gagnait pas sa vie.

Comme si c'était facile… Il attrapait bien un poisson de-ci, de-là. Mais à Spetses, tout le monde attrapait un poisson de-ci, de-là. Et lorsqu'il proposait de transporter quelque chose sur sa carriole et qu'on lui disait oui, c'était comme si on lui faisait une faveur. Tu vas du côté de Kounoupitsa ? Ne bouge pas, je pose ce sac sur ta carriole, tu le laisses devant la porte de chez Panayotis. Et ainsi de suite.

La perspective d'être enfin traité avec considération provoqua chez Petit Andonis une poussée d'intelligence. Une histoire de mèche, voilà ce que je pourrais raconter, s'était-il dit : ils pêchaient à la dynamite et ils se sont trompés sur la longueur de la mèche. Cette idée lui plut tant que très vite il s'en convainquit lui-même.

La querelle aurait effectivement pu porter sur la profondeur à viser pour atteindre le banc de loups et s'achever en un accident stupide et atroce. Pourtant, ce qui s'était passé sur le *Dio Adelfia* était d'une tout autre nature.

Petit Andonis avait assisté à un suicide et à un meurtre.

*

Spiros et Nikos Louganis étaient arrivés à Spetses vingt-deux ans plus tôt. Ils venaient de Kalymnos, une

1. « Madame ». L'habitude est de faire suivre le titre par le prénom.

île du Dodécanèse où les habitants se brisaient les poumons à pêcher l'éponge à des vingt-cinq trente mètres de fond, un travail de forçat qui ne nourrissait pas son homme. Les frères cherchaient de quoi subsister. Ils avaient d'abord tenté leur chance à Syros, où un cousin de leur mère, Yannis, travaillait à façon comme serrurier pour plusieurs chantiers de l'île.

C'était lui qui les avait encouragés à quitter Kalymnos. Un matin de novembre 1930, ils étaient partis avec en main un billet de transport, vingt-quatre drachmes que Spiros gardait au fond de sa poche, et ce qu'ils portaient sur eux : un pantalon de toile, une chemise de coton tissé et un tricot de laine. Ils n'avaient ni chaussures, ni sous-vêtements.

A Syros, ils passèrent onze jours à offrir leurs services. Ce fut sans succès. Les frères ne connaissaient que le travail du bois, et les chantiers de Syros cherchaient des ferronniers. Ils réussirent à se faire embaucher pour un tri, deux jours dans une scierie qui venait de recevoir un lot de billes. Cela leur paya un grand pain, cinq cents grammes d'olives, quelques oignons, et le voyage au Pirée. Là, on leur dit que les places étaient prises d'assaut par les Grecs réfugiés d'Asie Mineure, d'où ils avaient été chassés par les Turcs. Après trois semaines d'errances et de refus, les frères avaient quitté Le Pirée pour Hydra, où quelqu'un, ils ne savaient plus qui, leur avait conseillé de se présenter, car paraît-il les chantiers navals embauchaient. Ils avaient embarqué en clandestins sur une péniche qui transportait du sable. On ne les avait découverts qu'à l'arrivée. Le capitaine les menaça mollement d'appeler la police, puis leur fit payer deux drachmes chacun.

Très vite il leur apparut qu'ils n'auraient pas plus de chance à Hydra qu'au Pirée. On leur suggéra de pousser jusqu'à Spetses, l'île voisine, peuplée d'Albanais de souche. Au XIIe siècle, leurs ancêtres avaient fui les islamisations forcées auxquelles se livraient les Ottomans. Les Spetsiotes qu'ils étaient devenus avaient gardé à l'égard des Turcs une animosité féroce. L'île avait été un haut lieu de la guerre d'indépendance, et la flotte grecque y avait été construite en grande part. Depuis, les chantiers navals de Spetses étaient réputés. Mais là aussi, ce fut en vain que les frères cherchèrent du travail.

Six semaines après avoir quitté Kalymnos, il ne leur restait aucun argent. Janvier était à son habitude, froid, humide, et très venteux. Il leur fallait un gîte. Les frères allèrent sonner au monastère de l'île et se proposèrent comme hommes de main. « Donnez-nous du pain, du fromage, et une couche. On fera ce que vous nous direz de faire », avait dit Spiros à l'*igoumeni*[1], la sœur principale. Elle les observa et eut peur. Durant un mois et demi, les frères ne s'étaient ni rasés, ni coiffés, ni lavés. Ils n'avaient fait que maigrir. Mais la sœur se souvint qu'elle était chrétienne, se signa, et accepta de les embaucher. Pour les loger, elle leur indiqua un cabanon désaffecté situé en lisière du cimetière : « On n'a pas autre chose. » C'était inespéré. « Dieu soit avec toi », dit Spiros à l'*igoumeni*.

Sur son versant nord, le monastère possédait la colline qui menait jusqu'à la mer. Elle était couverte de pins et de buissons. Pieds nus, à peine vêtus, les frères entreprirent de la déboiser. Ils travaillèrent avec

1. Principale du monastère.

fureur. Parcelle après parcelle, ils rendirent le terrain propre à la culture et à l'élevage. Ils y plantèrent du raisin, élevèrent des moutons, et, dans un cabanon qu'ils construisirent en moins d'un jour, se mirent à fabriquer de la feta et du *manouri*[1]. Six mois après l'arrivée des frères, les terres du monastère produisaient du revenu sur chaque mètre carré, ou presque, de toute leur surface.

Aux cuisines, Spiros remarqua Magda, une jeune Spetsiote de souche albanaise. Elle avait la blondeur des filles du Nord, une peau dorée comme celle d'une Méridionale, et des yeux d'un bleu si clair qu'ils en étaient presque blancs. Lui si rude et noir de peau trouva en elle la beauté faite femme. La fille avait un regard étrange, tantôt soumis, tantôt tenace, qui désarçonnait Spiros. Il en perdit le sommeil. Chaque jour dès le matin, la perspective de la croiser dans les cuisines le hantait.

Quelques semaines après qu'il eut découvert l'existence de Magda, et sans lui avoir jamais adressé la parole, Spiros déclara un matin à son frère : « J'ai trouvé la femme que je vais épouser. » Il demanda à être reçu par l'*igoumeni*, lui dit, dans ses mots malhabiles et rudes, qu'il trouvait Magda « juste », et pria la sœur principale d'intercéder auprès de sa mère.

Deux jours plus tard, le père de Magda fit dire à Spiros de le retrouver à l'épicerie qu'il tenait dans le quartier de Kounoupitsa. Spiros demanda à son frère de lui couper les cheveux, il se rasa et se lava. Arrivé au seuil de l'épicerie, il vit un homme assis lui indiquer

1. Fromage de brebis ou de chèvre.

une chaise d'un mouvement de sa canne. L'homme n'avait qu'une jambe. Devant la surprise de Spiros, il lui lança :

— Elle est dans la mer. La dynamite.

Ils discutèrent de pêche et de vigne. Le père avait une olivaie de quarante ares à Korakia, sur le Péloponnèse.

— Un jour, ce sera à ma fille, dit-il à Spiros. Je n'ai qu'elle.

Spiros épousa Magda. Nikos quitta le cabanon qu'il partageait avec son frère et s'installa dans un atelier de menuiserie qu'ils avaient construit en bas de coteau.

Au monastère, Magda avait fait la connaissance de Fotini. Elle venait de Kalamata, sur la côte du Péloponnèse, où ses parents vivaient dans la pauvreté. A l'âge de sept ans, ils l'avaient placée en maison à Spetses. Fotini accompagnait toujours sa patronne lorsque celle-ci se rendait au monastère pour ses œuvres. Elle allait l'attendre aux cuisines, où Magda lui confiait de menues tâches que Fotini accomplissait avec reconnaissance.

Fotini est bien trop maigre, pensait Magda chaque fois qu'elle l'observait. Qui sait si elle aura un jour la force de tenir une maison ? Mais elle est douce et facile. Et puis elle n'est pas très jolie, se disait aussi Magda, elle ne trompera jamais son mari.

Alors Magda demanda à la principale l'autorisation de présenter Fotini à Nikos. Fotini ferait une bonne épouse, dit-elle à Spiros, qui à son tour poussa son frère à demander Fotini. Nikos trouva Fotini attachante. Il aurait pu prétendre à femme plus gracieuse. Lui-même était beau et racé. Mais il avait depuis toujours travaillé, mangé et dormi avec son frère. Il lui parut juste de faire comme lui. Deux mois plus tard, Nikos et Fotini se marièrent.

Les frères avaient le sel dans le sang. Une année après leur arrivée à Spetses, ils s'étaient attelés à la construction d'un *trehandiri*[1], un six-mètres muni d'une voile. Ils y avaient mis toutes leurs forces et tout leur maigre argent. Chaque jour, aussitôt terminé leur travail au monastère, ils enchaînaient sans répit, à scier, clouer ou river les pièces de bois, travaillant avec acharnement jusqu'à ce que la pénombre les forçât à s'arrêter.

Lorsque le bateau fut achevé, quatre mois plus tard, les frères sortirent pêcher tous les soirs ou presque, selon les vents et les grains. Avec le produit de deux années de pêche, ils achetèrent un bout de terre sur la colline d'Ayos Nikolas. Ils y bâtirent leur maison avec rage, transportant les pierres de Kilada à Spetses sur leur caïque. De la jetée à leur chantier, ils mettaient les pierres dans de grands sacs de peau qu'ils se fixaient par des lanières de part et d'autre des épaules. Le trajet durait environ quarante minutes. Les frères transportaient les sacs pieds nus, chargeant quatre-vingts kilos à chaque voyage.

Leur maison comptait deux niveaux, trente-cinq mètres carrés au sol, chaque fois deux chambres et une cuisine. Spiros et Magda s'installèrent à l'étage,

1. Embarcation traditionnelle de bois, à poupe et proue effilées. *Trehandiri* veut dire « qui court ».

auquel on accédait par un escalier de pierre qu'ils avaient bâti au jugé, contre la façade. Nikos, qui n'aimait pas contrarier, dit que Fotini et lui préféraient le rez-de-chaussée.

Douze années durant, les frères pêchèrent au filet. Ils prenaient surtout du petit bar qu'ils revendaient aux gens du village à six drachmes le kilo.

En 1949, Lazaros, un cousin de Magda, celui que chacun appelait *Liko-skilo*, Chien-Loup, à cause de sa façon de marcher les mains derrière le dos et la tête en avant, ouvrit la première taverne de l'île qui servit des repas chauds. C'était une ancienne bergerie située sur les hauteurs, à Kasteli. Liko-skilo acheta au Pirée une cuisinière à charbon, installa une ventilation qui sortait sur la rue, et fit monter en mezzanine quatre grands tonneaux de vin dans lesquels il entreposa un résiné qu'il produisait lui-même. L'année suivante, le Poséidon, un bel hôtel qu'un Spetsiote de retour du Nouveau Monde avait construit en bord de mer, devint une destination touristique courue. La guerre civile, qui avait déchiré le pays pendant quatre ans, venait de prendre fin, et la bourgeoisie athénienne aima Spetses. Elle y apporta ses manières et ses vanités. Rien n'était assez bon ni assez cher. Spiros comprit que le petit bar ne suffirait plus. Il leur fallait panacher l'offre, proposer du mérou, de la daurade, et même des rougets, des poissons fins qui pouvaient rapporter jusqu'à vingt drachmes au kilo. Une fois encore, Nikos s'en remit à son frère.

En dix-huit mois de labeur, en s'y mettant tous les soirs où ils ne sortaient pas en mer, et tous les dimanches, cravachant des douze quinze heures d'affilée, Spiros et Nikos construisirent le *Dio Adelfia*. C'était un onze-mètres, le plus grand *trehandiri* de pêche jamais construit sur l'île, le seul équipé d'un moteur. Les frères avaient trouvé un trente-cinq chevaux sur un tracteur, à Kranidi, le village d'en face. Le paysan, qui partait s'installer chez sa fille, en Australie, voulait vendre son engin. Les frères n'en voulaient que le moteur. Ils avaient fini par se mettre d'accord. Cinq cents drachmes. C'était cher, mais ils pourraient aller au large et tuer du gros à la dynamite.

La veille de l'accident qui coûta la vie aux frères Louganis, un secret vieux de treize ans avait été éventé. Un secret qui ne demandait qu'à ce qu'on le laissât tranquille. Qui aurait pu continuer de rester enfoui pour toujours sans faire de mal à personne.

Ils étaient douze, serrés autour de la grande table, chez Liko-skilo, qui fêtait ses quarante ans. Les frères, qui n'avaient eu qu'un enfant chacun, étaient venus en famille ; Spiros avec Magda et leur fille Pavlina, qui avait douze ans, Nikos et Fotini avec Aris, qui avait cinq ans de plus.

La soirée s'était déroulée dans la lenteur, à manger des abats d'agneau par petites bouchées, comme on déguste un mets rare, à boire du vin résiné, à dire des choses dont chacun ressentait qu'elles étaient justes.

Le secret s'était échappé alors que le repas tirait à sa fin, vers onze heures et demie du soir, à l'un de ces moments où le bonheur semble si normal que les attentions se relâchent et que les faiblesses se dévoilent. Les enfants s'étaient assoupis. Assise entre son oncle Nikos et sa mère, Pavlina dormait. Epuisé par sa journée, Spiros était impatient de rentrer et voulait donner le signal du départ. Mais il ne réussit pas à capter le regard de son frère. Les yeux posés sur Pavlina, Nikos souriait, d'un sourire extraordinairement doux. On ne regarde pas la fille de son frère ainsi, se dit Spiros. Son propre enfant, oui. Pas sa nièce. Il suivit les yeux de son frère. Le regard de Nikos quitta Pavlina, rencontra celui de Magda, et s'y arrêta deux ou trois secondes, avant de descendre sur ses seins et finalement se poser sur son ventre.

Spiros ressentit un vertige. Il ferma les yeux quelques instants, puis d'un coup se leva et dit d'une voix irritée :

— Partons !

— On est si bien, protesta faiblement Magda.

Spiros ne ferma pas l'œil de la nuit.

Au début de leur mariage, ils faisaient l'amour presque tous les soirs. Ses caresses étaient alors brèves mais fortes. Si comme ça l'enfant ne vient pas…, disait Magda en souriant. Mais l'enfant ne vint pas. Magda se rendit au Pirée. Un docteur la rassura. Elle ne manquait de rien pour tomber enceinte. Dès lors, Spiros fut hanté par l'angoisse d'être stérile. La peur remplaça l'envie. Son désir s'affaiblit. Ses érections se firent hésitantes. Ses étreintes, qui étaient brèves et fortes, ne furent plus que brèves. Au fil du temps, elles s'espacèrent.

Un soir d'août 1939, en dépit d'une très forte fièvre due à une insolation, il lui avait fait l'amour dans un état de semi-délire. Du moins était-ce ce que Magda lui avait annoncé le lendemain. Pavlina était née de cet accouplement dont il n'avait gardé aucun souvenir. Il s'était cent fois posé la question : est-ce possible d'oublier qu'on a fait l'amour ? Et il l'aurait fait alors qu'il brûlait de fièvre ? Il y avait sûrement autre chose... Dès qu'il se fut remis de son insolation, Magda fit ce qu'une femme sait faire lorsqu'elle veut séduire un homme. Chaque soir, il fallait qu'il la touche, la caresse. A chacun de ses gestes, quoi qu'il fît, Magda réagissait comme si Dieu lui avait donné la clé des sens. D'où était né ce besoin si vorace ?

Cette histoire de semi-délire lui sembla soudain ridicule. Et ces occasions où, à son arrivée, son frère et sa femme interrompaient leur conversation ? Et cette nuit durant laquelle sa femme avait sangloté sans arrêt ? Une histoire de discussion avec le père Kosmas... Elle aurait compris combien elle lui était redevable... A lui, son mari... Des mots qui n'avaient pas de sens. Ou alors des mots de coupable... Mais coupable de quoi ? Que s'était-il passé dans la vie de sa femme qui puisse occuper une telle place et dont il était exclu, lui, son mari ?

Spiros pensa à sa fille. Pavlina... Elle était sa fille autant qu'on pouvait l'être. Elle avait ses cheveux, noirs et crépus, son caractère, sa volonté. Surtout, elle l'admirait... l'adorait... Elle était toujours de son côté, quel que soit le motif de ses disputes avec Magda. Personne ne lui était si tendre. Cette façon qu'elle avait de l'observer par en dessous, d'un regard intense, lorsqu'il préparait le *Dio Adelfia*... Assise sur le parapet de la jetée, elle attendait son signal.

« *Laska*[1] », lui criait Spiros. Il faisait « *Laaaaaas-kaaaa* » comme s'il lançait l'ordre du pont d'un immense paquebot. Pavlina sautait alors du parapet, dénouait l'amarre et, d'un geste ample et inutile, lui lançait le cordage. Quel âge avait-elle lorsqu'il lui avait appris à nouer et dénouer une amarre ? Sept ans, peut-être huit... Aucun père, à Spetses, ne prenait sa fille sur sa barque. Mais aucune fille n'avait l'intelligence et l'habileté de Pavlina, son goût de la mer, sa résistance à l'effort... Une vraie enfant de Kalymnos. Et les dimanches, lorsqu'ils allaient pêcher le poulpe, et que d'un coup Pavlina sentait sa ligne tirer... « J'ai ! J'ai ! » s'écriait-elle. On aurait dit qu'elle allait exploser de joie. Au retour de ces excursions, lorsqu'il fallait laver le fond du caïque des traces d'encre laissées par les poulpes, Pavlina remontait des seaux d'eau de mer si lourds que ses bras en tremblaient. Elle les déversait sur le pont et frottait le bois tant qu'elle pouvait, avec fureur, comme elle le voyait travailler... Pavlina qui riait lorsque le caïque prenait la vague de biais et qu'elle les aspergeait.

Lorsque Spiros regardait sa fille, c'était toujours avec lenteur. Il la couvait, d'un regard plein d'une fierté cachée, qu'il voulait goûter seul et dont il était incapable de se rassasier. Pavlina était un vrai marin ! Comme lui ! Et en plus, gracieuse, jolie... Sa fille, à lui qui était si épais, râblé... Et affublé d'un nez énorme...

Et si elle n'était pas de lui ? Cette pensée ne l'avait jamais effleuré. Cela expliquerait bien des choses... La délicatesse de Pavlina, sa finesse... Bien sûr,

1. Expression grecque d'origine italienne : laisser (dénouer) les amarres.

Magda aussi était jolie. Sa fille avait ses yeux, et plusieurs de ses traits... Mais elle était plus fine... comme Nikos ! C'était ça ! On l'avait tourné en bourrique... Nikos ! Pendant des années, en plus... C'était sûr.

Au fil de la nuit, sa colère était devenue de la haine. A six heures du matin, alors que Magda déposait son café sur l'assiette placée devant lui, il lui avait saisi l'avant-bras et l'avait serré si fort qu'elle avait poussé un cri de douleur. Spiros l'avait forcée à s'asseoir et d'un ton froid et dur lui avait demandé :

— De qui est Pavlina ?

Le visage de Magda avait pris une expression d'épouvante. Sous le regard noir de Spiros, un regard à effrayer une bête, elle avait éclaté en sanglots.

— Elle est de lui ?

— Oui, avait répondu Magda dans un souffle.

— N'en parle plus jamais. De toute ta vie. Ni à moi, ni à personne.

Elle lui avait saisi la main pour l'embrasser, mais il l'avait retirée d'un geste brusque, lui refusant à la fois la soumission et le pardon.

En fin d'après-midi ce jour-là, Spiros et Nikos s'étaient retrouvés sur le *Dio Adelfia*. Spiros avait demandé à son frère de s'approcher. Quand il fut à portée de main, Spiros l'avait agrippé par la chemise, puis avait calé entre leurs deux poitrines un pain de dynamite de quatre kilos dont la mèche était allumée. Il l'avait choisie courte, faite pour un fond de cinq à six mètres. Pendant que Nikos hurlait : « Tu es devenu fou ! » Spiros lui avait crié : « Qu'attends-tu d'un frère qui t'a tant aimé et que tu as trahi ? »

Le pain avait explosé dans la seconde qui avait suivi. Les frères étaient morts sur le coup, la tête arrachée.

*

Vers vingt heures, le père Kosmas vint annoncer la mort des frères à Magda et Fotini. Il s'arrêta d'abord au rez-de-chaussée. Fotini et Aris terminaient leur repas.

— *Yassou, pater*, lui dit Fotini en souriant. Si tu cherches Nikos pour une partie de *tavli*[1] , il est en mer.

— Si vous voulez, on en fait une tous les deux, lança Aris.

— *Yassas*[2], *yassas*. Non, Aris, je dois vous parler, à vous deux et à Magda. Venez.

Fotini se figea. Kosmas avait le regard fuyant. Lui toujours si jovial, si chaleureux, on aurait dit qu'il aurait préféré être ailleurs. Il s'est passé quelque chose, se dit Fotini…

— Viens, dit-elle à Aris dans un souffle.

A l'étage, Magda et Pavlina étaient en train de faire la vaisselle. Sur la table de la cuisine, un seul couvert était mis.

— Bienvenue à toi, *pater*, laissa tomber Magda d'une petite voix faible.

Depuis le matin, elle était dévorée par l'angoisse, hantée par l'horreur qui allait s'abattre sur elle. Qu'est-ce que Spiros et Nikos allaient se dire ? Dans

1. Jeu de jacquet.
2. « Bonjour ».

quel état de colère serait son mari ? Elle n'osait penser à ce qui l'attendait.

— Asseyons-nous, dit Kosmas, toi aussi, Pavlina. Tu es grande, désormais.

Pavlina, qui était en train d'essuyer une assiette, se retourna et dévisagea Kosmas d'un air intrigué.

Lorsqu'ils furent tous cinq autour de la table, Kosmas posa ses mains devant lui, les doigts entrelacés, leva enfin son regard, passa de l'un à l'autre, lentement, l'air défait, respira profondément, et lâcha :

— Ils sont morts tous les deux.

Puis il éclata en sanglots.

— De quoi tu parles ? Mais de quoi tu parles ! demanda Magda.

— Ils sont morts tous les deux, répéta Fotini, mais qui ?

— Qui ? fit Aris au même moment.

— Mon père est mort…, laissa tomber Pavlina.

Elle avait été la seule à ne pas interroger.

Magda comprit pourquoi le prêtre était venu et s'évanouit sur sa chaise. Pavlina saisit les mains d'Aris par-dessus la table. Kosmas et Fotini se précipitèrent pour aider Magda à se redresser. Dès que cette dernière ouvrit les yeux, elle et Fotini se regardèrent, l'air incrédules.

La première à se reprendre fut Magda :

— Spiros est mort ? demanda-t-elle au prêtre. Nikos est mort ?

— La dynamite, balbutia Kosmas. La dynamite.

Un sentiment d'immense incrédulité envahit Magda. Elle avait passé sa journée à attendre un cataclysme. Elle en recevait un autre, totalement inattendu, bien plus épouvantable. Mais celui-ci la libérait.

Au même moment, Fotini prenait conscience du drame et s'effondrait. Aris et Pavlina, se tenant toujours les mains, la regardèrent glisser de sa chaise sans réagir.

Kosmas saisit Fotini sous les aisselles et la remit tant bien que mal sur sa chaise.

Magda le regarda faire, atterrée. Sa trahison avait provoqué le drame. Sa trahison et rien d'autre. Le sentiment de soulagement qui l'avait envahie quelques instants plus tôt s'évanouit en un éclair. Elle eut le souffle court :

— Pardonne-moi, mon Spiros.

Pavlina se retourna vers sa mère, le regard interrogateur. Pourquoi demandait-elle pardon à son père ? Magda répéta ces mots à haute voix, les yeux dans le vide. Puis elle s'agrippa au bras de Kosmas et lui dit, comme si c'était elle qui lui annonçait la nouvelle :

— Ils sont morts.

— Oui, Magda, répondit le prêtre, ils sont morts tous les deux.

*

Seul Kosmas avait compris le sens des mots de Magda. Il savait qu'Aris et Pavlina étaient frère et sœur. Douze ans plus tôt, elle s'était confessée à lui.

— Tu as eu raison de venir, avait alors dit le prêtre à Magda. En cachant ta faute, tu n'aurais fait qu'alourdir ton fardeau. Le Seigneur soulage les repentirs lorsqu'ils sont sincères.

Il lui avait imposé un temps de pénitence proportionné à la gravité de sa faute.

Magda devint pieuse, par gratitude envers lui autant que par peur. A l'église Saint-Nicolas ou à celle de Saint-Spiridon, elle retrouva chaque jour deux fois les mêmes vieilles, assista à l'*orthros*[1] comme à l'*esperinos*[2], psalmodia les Evangiles et prit goût à la liturgie.

Un après-midi de novembre, vingt mois après l'avoir reçue en confession, Kosmas dit à Magda :

— Reste après l'*esperinos.*

Il officiait ce soir-là à l'église Saint-Nicolas. Lorsqu'ils furent seuls, il l'invita à s'asseoir près de lui sur l'un des bancs de la nef et lui dit :

— Ton *epitirnio*[3] touche à sa fin, Magda. Ton repentir paraît sincère, du moins à mes yeux de pauvre prêtre... Je ne vois pas tout... Il n'y a que le Seigneur à pouvoir faire cela. Je te confie à Lui. Ne Le déçois pas.

Magda était restée sans voix.

— Durant trente jours, ne mange pas de viande, avait poursuivi le prêtre. Les quinze derniers jours, ne mange pas de poisson non plus. Les trois derniers jours, ne consomme plus d'huile non plus. Au terme de ce jeûne, tu te confesseras, et le Seigneur te recevra en communion. *O Theos mazi sou*[4] *, Magda.*

Démunie, incrédule, Magda avait alors pleuré comme elle n'avait jamais pleuré de sa vie entière. Elle avait sangloté à l'église, puis sur le chemin d'Ayos Nikolas, puis le soir, à table, et encore une partie de la nuit. Lorsque Spiros lui avait demandé le motif d'un tel désarroi, elle avait répondu qu'elle était habitée d'une émotion belle et juste, qu'en échangeant des

1. Culte du matin.
2. Culte de l'après-midi.
3. Temps de repentance.
4. « Dieu soit avec toi. »

propos anodins avec le père Kosmas, elle s'était rendu compte combien elle lui était redevable, à lui, son Spiros, de la petite fille de dix-huit mois qui illuminait leur vie, combien elle lui était reconnaissante de sa bonté et de sa générosité. « Je ne comprends rien à ce que tu racontes », avait dit Spiros.

*

La mort atroce des Louganis secoua l'île comme l'aurait fait un tremblement de terre. Dyonisis, le facteur qui n'était jamais débordé de travail car les Spetsiotes n'aimaient pas écrire, débuta sa tournée avec une heure de retard. Il s'arrêta au café de Stamboulidis, puis chez Politis, le confiseur, en présence duquel il avait fait un rapide calcul : « Tu te rends compte ! C'est comme si à Athènes, il y avait eu d'un coup deux mille morts ! » La remarque avait porté. Dyonisis la servit sans réserve durant sa tournée. Lorsqu'il n'avait pas de courrier à remettre, il prenait prétexte, entrait chez l'un ou l'autre et y allait de son couplet : deux mille morts à Athènes... Son zèle à annoncer le drame fut tel qu'en un rien de temps toute l'île fut au courant.

*

Spetses savait enterrer ses morts. Les huit cents âmes de l'île étaient agglutinées autour de l'église Saint-Spiridon, à attendre la fin de la cérémonie. La pluie piquait si fort qu'elle obligeait à fermer les yeux, comme lorsque, en mer, on reçoit des embruns en plein visage. Les parapluies enserraient la petite bâtisse comme l'aurait fait un tissu de crêpe noir et plissé.

L'humidité était partout. Elle se mêlait à l'odeur de la mer, à celle du bois froid, aux relents d'iode, même aux vapeurs d'encens. Elle pénétrait les corps jusqu'à la moelle et ravivait les douleurs articulaires dont souffraient presque tous les habitants de l'île. A l'intérieur de l'église, Kosmas répétait sa litanie :

Aionia tous i mnimi

Que leur mémoire soit éternelle

L'église, qui ne pouvait contenir plus de cinquante ou soixante personnes, était bondée. Celle de Saint-Nicolas aurait pu en accueillir cent de plus, mais la famille avait décidé d'honorer l'aîné, Spiros[1].

Assise au premier rang, Pavlina serrait très fort la main de sa mère. Les yeux secs, celle-ci continuait de balbutier les mots qu'elle avait prononcés la veille et qui avaient décontenancé Pavlina. « Pardonne-moi, mon Spiros. »

Après la cérémonie, les cercueils furent placés sur la carriole de Petit Andonis. La pluie qui continuait de tomber par rafales. Il y eut trois kilomètres de marche silencieuse jusqu'au cimetière du monastère.

Après l'enterrement, chacun se retrouva au monastère pour partager une douceur, selon la tradition. Il y eut peu de mots. Les Spetsiotes étaient presque tous parents. Ceux qui ne l'étaient pas se connaissaient aussi bien qu'ils pouvaient se connaître. Solidaires par caractère autant que par nécessité, ils savaient tout les uns des autres et n'avaient pas le goût des déclara-

1. Forme populaire de Spiridon.

tions. La vie leur imposait d'aller à l'essentiel. Un regard, un hochement de tête, et tout était dit.

Le soir, Magda et Pavlina restèrent assises à la cuisine, muettes, devant la cheminée éteinte.

Vers onze heures, Pavlina se leva. Elle se pencha pour embrasser sa mère mais, à la dernière seconde, se ravisa. Redressant lentement le buste, elle posa la question qui la taraudait :

— Tu demandais pardon à papa ?

— Je ne voulais pas que ton père sorte.

Magda avait répondu avec réticence, accompagnant ses mots d'un geste brusque de la main, comme pour chasser une mouche.

— Il y avait peu de mer, quatre beauforts au plus… Je ne comprends pas.

— Je ne voulais pas qu'il sorte, répéta Magda. J'avais un mauvais pressentiment. J'ai cédé, c'est tout.

Pavlina hésita à revenir à la charge. Pour finir elle ne dit rien, elle embrassa sa mère et monta se coucher.

Elle ne verrait plus son père. Plus jamais. La personne qu'elle aimait le plus au monde lui était enlevée d'un coup pour toujours. Cette perspective lui parut inconcevable.

C'était son regard qui allait lui manquer le plus, à la fois fort et doux, qui disait : Je t'aime, Pavlinaki. Je t'admire. Tu es pour moi la chose la plus importante, la plus formidable au monde. Tu fais tout si bien, si gracieusement, si habilement… Tu es une enfant exceptionnelle, Pavlinaki.

Son père était un homme impatient. Pourtant, lorsqu'il posait *ses* yeux sur elle, il se métamorphosait. Il s'apaisait. Son visage éclatait d'un sourire comme si on l'avait entaillé d'un gros morceau à l'endroit de la bouche : deux coups de hache et, soudain, une énorme fente. Il prononçait alors les mêmes mots : « Ma fille Pavlina… »

On lui enlevait ce regard, ce soleil d'août, et c'était comme si on lui arrachait un poumon, ou un bras, d'un coup, sans avertissement, sans un mot de préparation, par exemple : Attention, là, on va te détacher une jambe, un œil, ça va faire mal, alors autant que tu le saches, et serre bien les dents. Non. C'était une injustice horrible de faire mourir un homme aussi bon. Un homme fier. Parfait. Fort, incroyablement fort. Et habile. Qui savait faire tout ce qu'un homme doit savoir faire.

Et c'était bel et bien le bon Dieu qui était venu faire ça… Même le père Kosmas ne semblait pas préparé à un tel chaos.

Elle pensa à Aris. Allait-il être aussi tendre avec elle ? Plus encore ? Poserait-il son regard sur elle avec une douceur nouvelle, maintenant ? Après son père, c'était lui qui lui montrait le plus de douceur. Plus que sa propre mère. Et même beaucoup plus ! Plus aussi que Fotini. Elle, on aurait dit qu'elle n'avait jamais envie de sourire. Mon Dieu, comme j'aime mon cousin, se dit Pavlina. Elle allait l'aimer encore plus, c'était sûr.

Leur vie allait changer, à elle et à sa mère. Il n'y aurait plus l'argent de la pêche. Au moins, elles avaient où se loger. Mais comment feraient-elles pour avoir de quoi manger ? Sa mère devrait sans doute se remettre au travail. Elle pourrait peut-être retourner aux cuisines du monastère ? Travailler au mois chez les Cole, où elle allait aider de temps à autre ? Ou se faire embaucher à Spetsopoula[1], chez les armateurs ? Eux n'hésitaient pas à employer les gens de l'île. Ils payaient bien. Et Fotini ? Elle aussi devrait travailler. Mais peut-être pas… Aris gagnait sa vie à la menuiserie. Du vrai argent. Et elle ? On ne l'embaucherait pas à l'usine avant qu'elle atteigne l'âge de seize ou dix-sept ans.

Elle repensa aux mots qu'avait eus sa mère et ne parvint pas à s'endormir.

1. La petite Spetses.

II

Samedi 1er juin 1957

Pavlina guettait le petit bruit qu'allait faire le pêne au moment où il pénétrerait dans sa gâche. Au cliquetis, elle relâcha délicatement la poignée de la porte et se dirigea sur la pointe des pieds en direction du miroir suspendu à l'entrée. Le plancher craquait de partout, et Pavlina ne voulait pas que sa mère la surprenne à s'exhiber devant une glace en maillot de bain.

Elle observa son corps. Il était bien fait, elle dut l'admettre. Ses jambes étaient fermes, fines aux chevilles, sa taille bien prise, son ventre musclé. Sa peau, belle et brune, lui venait de son père, tout comme son front, harmonieusement proportionné, et ses cheveux, noirs et drus. Elle les portait depuis l'enfance coiffés en une seule natte très épaisse qui lui arrivait au milieu du dos. De visage elle ressemblait à sa mère. Elle avait sa bouche, mince et finement ourlée, son nez, aussi, délicat sur l'arête, et ses yeux, surtout. Ils étaient d'un bleu déconcertant, clairs au point d'être presque blancs. Cette clarté créait une rupture si forte avec son teint que lorsque des passants la croisaient, ils étaient chaque fois troublés par un contraste aussi inattendu.

Mes hanches..., se dit Pavlina en se retournant. Trop rondes. Le derrière... Trop rond lui aussi. Et ma poitrine... Une vraie montagne ! Mes seins ont encore grossi, c'est sûr. Et ce maillot ! Vraiment trop petit...

Sa mère le lui avait tricoté l'année précédente. Depuis la mort de son mari, Magda travaillait à la journée chez M. Cole. Mister Kol, comme l'appelait Pavlina, lui avait proposé de lui apprendre le crawl en même temps qu'à ses enfants. « Nous ne sommes pas en Amérique, avait dit sa mère à M. Cole en s'excusant, nous sommes des pauvres sur une île qui n'a rien. Nager, c'est pour les riches ! » Mais Pavlina avait insisté : « Papa aurait dit oui. » Sa mère avait fini par accepter.

En attendant, le maillot me serre, se dit Pavlina. Ou est-ce parce que je le mets pour la première fois cette saison ? Lorsque Aris l'avait découverte en maillot tricoté l'été précédent, il avait pointé l'index en direction de ses seins en s'exclamant : *Kita*[1], *kita*, *kita !* puis était parti d'un grand éclat de rire. Et son regard... A la fois moqueur et surpris... Pavlina tenta de retrouver le sentiment qui l'avait traversée à cet instant. Elle avait été blessée, mais, au même moment, un sentiment nouveau l'avait envahie. Un espoir. Oui, c'était ça, un espoir. Peut-être avait-il éprouvé de l'admiration ? Malgré la moquerie ? Aussi loin qu'elle pouvait se souvenir, Aris avait été le plus bienveillant des cou-

1. « Regarde. »

sins avec elle. Lorsqu'elle était petite fille, il était tendre, prévenant même. Est-ce qu'il n'y avait pas dans ce rire l'expression d'une surprise heureuse ? d'un plaisir ? Est-ce qu'il ne disait pas : « Tu es devenue une belle femme, Pavlinaki, et je ne m'attendais pas à ça » ?

Elle se réjouit des trois mois à venir. Ce serait leur deuxième saison d'été sur le caïque. Durant quatre ans, le bateau était resté ancré au Vieux-Port, à l'abandon. Il avait le malheur sur lui et aucun pêcheur n'en avait voulu.

« Le *Dio Adelfia*, c'est l'honneur de nos pères, avait dit Aris dix-huit mois plus tôt, il faut lui rendre sa dignité. » Magda et Fotini avaient fini par accepter son idée : redonner vie au *Dio Adelfia* et l'équiper pour le petit cabotage des touristes qui venaient sur l'île. Aris avait ajouté : « Le caïque est en train de pourrir. Si on le laisse ainsi, dans deux ou trois ans il va couler, et nous aurons honte. »

La transformation du caïque n'avait posé aucun problème. Aidé de Thanassis, le cocher, Aris avait déposé les poulies de recharge des filets, puis poncé le bateau de fond en comble. Il avait ensuite installé deux bancs de bois qu'il avait accolés aux parois bâbord et tribord sur tout leur long. Après quoi, en trois jours, lui et Thanassis avaient repeint le *Dio Adelfia*, blanc au-dessus de la ligne de flottaison, rouge brique au-dessous. Le moteur, révisé puis graissé par un mécanicien venu de Korakia, était reparti au premier tour.

L'été venu, Aris avait quitté la menuiserie, Pavlina avait abandonné l'atelier de couture, et ensemble ils avaient rapporté plus d'argent qu'Aris n'en avait gagné sur toute l'année. Leurs mères s'étaient mises d'accord sur la répartition : deux tiers pour Aris, le capitaine, un tiers pour Pavlina, chargée des amarrages, de l'encaissement des billets et du nettoyage.

Elle verrait Aris tous les jours… Elle eut soudain une très forte envie de se serrer contre sa poitrine.

Il avait des pectoraux… splendides ! Larges et plats… D'ailleurs, il était musclé de partout ! Les cuisses, le ventre, les épaules, les bras… Le plus beau corps de Spetses. Elle aurait tant voulu l'embrasser sur la bouche… Même une fois, une seule fois. Elle imaginait sans cesse des circonstances qui lui permettraient de poser ses lèvres sur les siennes. Ou simplement de les frôler, par inadvertance… Par un geste de travers… Elle voulait tant lui exprimer de la tendresse. Pas une tendresse de cousine ! Une tendresse vraie. Une tendresse de femme. Mais comment ? Et puis, Aris ne l'aurait pas supporté, elle le savait bien…

Elle soupira, décrocha la chasuble de cotonnade grise qui était suspendue à la patère de l'entrée, l'enfila et ouvrit la porte.

Dehors, c'était la fournaise. Pavlina reçut une bouffée de chaleur si forte que son tablier sans manches lui fit l'effet d'un manteau d'hiver. De grosses gouttes de transpiration lui inondèrent d'un coup le front, les aisselles et les seins. La lumière que jetait le soleil sur la ruelle blanche créait tant de réverbération que Pavlina dut se protéger les yeux de sa main. Elle la tint en visière contre son front durant de longues secondes, jusqu'à ce que ses pupilles puissent s'accommoder.

Il ne se passe rien durant tout l'hiver, se dit Pavlina alors qu'elle remontait la rue qui menait au promontoire de Saint-Nicolas. L'ennui étalé sur des mois. Puis tout arrive en même temps. Hier, dernier jour de couture : *O Theos mazi sou*, lui avait dit *kiria* Maritsa au moment de prendre congé. Aujourd'hui premier bain. Demain début de la saison d'été. Et dans trois mois, début du travail en usine. Lever à cinq heures. Premier vrai salaire. Chez Mme Maritsa, son seul gain était la piécette que lui donnaient les dames lorsqu'elle leur livrait une robe...

Arrivée au bas du promontoire, Pavlina tourna le dos à la crique de Saint-Nicolas. Elle aurait pu s'y baigner, cela lui aurait évité de marcher jusqu'au phare, encore un bon kilomètre sous la chaleur. Mais la crique était peuplée d'enfants si bruyants... Et toutes ces mères et ces grand-mères, assises sur les galets, en robe ou en chasuble, qui criaient sans cesse des mots de prudence. Quel potin ! Comme si à chaque instant un enfant disparaissait sous les flots... Sans parler de leurs regards... Et des commentaires qu'elles feraient avec un plaisir mauvais, d'abord entre elles, puis en rentrant chez elles, puis à l'église : Vous avez vu la Pavlina en maillot de bain ?

Surtout, la crique de Saint-Nicolas était petite. Elle n'offrait pas à Pavlina la griserie qu'elle ressentait lorsqu'elle nageait dans la double crique du phare. Là, les eaux étaient profondes, les espaces généreux. La vraie mer.

Elle emprunta un sentier pentu et grimpa jusqu'au phare. Arrivée au pied de la tourelle blanche, elle était en nage et sentait son maillot âpre sur sa peau. Une centaine de mètres la séparaient encore du petit ponton situé en contrebas. Elle jeta un coup d'œil circulaire. Personne. Elle se défit de son tablier, le plaça sur sa tête et, malgré la chaleur, accéléra le pas, impatiente de retrouver la fraîcheur de l'eau.

Le ponton avait été construit devant une grande maison à toit plat, toute blanche, que chacun appelait « la maison des Suisses ».

« Aris est sur le ponton, imagina Pavlina. Il me voit arriver, à peine vêtue, me sourit, m'ouvre tout grands ses bras. Il me serre contre lui. Il me tient fort, très fort, mes seins s'écrasent contre sa poitrine musclée. Je suis inondée de plaisir. Mes jambes flanchent. Aris me retient, m'aide à m'étendre... »

Elle glissa sur un caillou et manqua de tomber. L'amertume l'envahit. Aris ne serait jamais à elle.

Sur le ponton, elle se défit de ses sandales et s'assit sur les lattes de bois, les pieds dans l'eau. Elle n'avait plus envie de nager. Elle resta ainsi une dizaine de minutes, découragée, le regard vague. Puis d'un coup elle se décida, prit appui des deux mains sur le bord du ponton, s'éleva de quelques centimètres par la force des bras et se laissa glisser lentement dans la mer. L'eau était fraîche, brassée par les courants marins. Ils étaient forts entre Spetses et Spetsopoula. Pavlina emplit ses poumons d'air, fléchit les genoux et se recroquevilla jusqu'à être immergée tout entière. Puis, des deux jambes, elle exerça sur les galets une poussée aussi longue que possible et fendit l'eau sur six ou sept mètres, le tronc plat, bras et jambes étirés, mains jointes, les pieds tendus vers l'arrière comme une danseuse qui fait ses pointes. Lorsqu'elle se sentit près d'émerger, elle vida ses poumons en une longue traînée de petites bulles, puis, d'une légère rotation du torse, ramena son bras droit vers l'arrière. Elle le tendit tant qu'elle put, serrant ses doigts en arrondi comme pour en faire une grosse cuillère. Puis elle tourna la tête, ouvrit à peine la bouche, inspira à ras de l'eau, et fit tournoyer son bras droit en un cercle parfait autour de son épaule avant de l'abattre avec violence. Il fendit les flots comme si la résistance de l'eau n'avait aucun effet sur sa vitesse. Le mouvement achevé, elle fit de même avec son bras gauche, mais cette fois sans sortir la tête de l'eau.

Elle retrouvait son rythme : un, deux, trois, respiration à gauche, un, deux, trois, respiration à droite. Sa tristesse s'estompait. Ses bras tournoyaient avec une puissance impressionnante. Son mouvement de crawl était élégant de bout en bout : un, deux, trois, respiration, un, deux, trois, respiration. Chaque trois mouvements des bras, elle ouvrait la bouche au ras de l'eau, une fois à gauche, une fois à droite. Elle inspirait très vite, replaçait la tête en position longiligne, bien calée entre les épaules, le temps de faire trois autres moulinets, et ainsi de suite. Ses jambes, tendues aux genoux, battaient l'eau en rythme soutenu. Elle tenait les pieds rentrés vers l'intérieur autant qu'elle le pouvait, de façon à augmenter leur prise sur l'eau.

Mister Kol lui avait appris la respiration alternée : Si tu fais une course, tu peux suivre tes adversaires des deux côtés. Et n'oublie pas : moins tu sors la tête, plus tu vas vite ! A Spetses, il n'était question ni de compétition, ni de record. Pavlina était la seule jeune fille à nager. Même les garçons nageaient mal. Sauf Aris. Lui nageait comme un dieu. Il avait suffi qu'il regarde nager mister Kol une fois. Il avait tout de suite saisi.

Pavlina avait à cœur de faire le mouvement du mieux possible. Mister Kol le disait : Pour nager avec élégance, va chercher l'eau le plus en avant que tu peux, en tirant de toutes tes forces sur tes bras. De tes doigts ramassés en deux grosses cuillères, dures comme si elles étaient de bois, tu pousses l'eau vers l'arrière aussi loin que tu peux la chasser. Alors tu nageras magnifiquement.

Un, deux, trois, respiration, un, deux, trois, respiration.

Elle choisit comme point de mire le cap d'Ayos Dimitrios, qui marquait la fin de la crique en direction de l'ouest. Elle parcourut les trois cents mètres qui la séparaient du cap en un rien de temps. Arrivée devant la petite pointe, elle prit son souffle, se recroquevilla et se laissa à nouveau submerger tout entière par la mer durant une bonne demi-minute. Puis elle expira une longue rivière de petites bulles d'air et, d'une poussée, remonta lentement à la surface. A quelques mètres d'elle, la façade principale d'une minuscule église couleur lavande était baignée de soleil. Cela lui donnait un reflet bleu très clair. La façade latérale, qui était à l'ombre, tirait sur le violet.

D'une forte poussée sur les galets, Pavlina fendit à nouveau les flots et recommença ses mouvements avec cette fois comme cap la pointe de l'Armata, située au pied du phare. Quatre cents mètres à parcourir. Un, deux, trois, gauche, un deux, trois, droite...

A mi-chemin, la fatigue arriva d'un coup. Son rythme se ralentit. Ses mouvements devinrent heurtés. Si jamais Aris la voyait ainsi faiblir... Malgré la brûlure aux épaules et aux cuisses, elle poursuivit jusqu'à la presqu'île.

Lorsqu'elle posa pied sur les galets du phare, elle sentit un bien-être l'envahir tout entière. L'effort avait éveillé un souvenir d'enfance, celui des cueillettes d'olives à Korakia, sur le terrain de son grand-père. A l'automne, Pavlina et sa mère s'installaient durant quatre semaines dans une cabane sans eau courante. De l'aube à la nuit tombante, elles courbaient l'échine à ramasser les petits fruits. Le grand-père les payait en nature, un kilo et demi d'huile par jour de travail, autant pour Pavlina que pour sa mère. Cela leur faisait l'année, plus quelques bidons qu'elles offraient à Fotini ou au père Kosmas.

Au soir des premiers jours de cueillette, Pavlina était morte de fatigue, au point que sa mère la laissait dormir tout habillée. Mais au retour, un mois plus tard, elle se sentait plus dure à la tâche que n'importe lequel des garçons de l'île. Elle n'avait alors qu'une hâte : montrer à son père de quels nouveaux exploits elle était capable, afin de sentir son regard s'attarder sur elle et d'entendre les mots qui la faisaient frémir : « Ma fille Pavlina... »

Elle resta quelques minutes dans son souvenir, immobile dans l'eau. Puis elle rentra à la brasse coulée. Elle nagea le retour avec élégance et lenteur, imaginant que son père l'observait.

Arrivée au ponton, elle s'étendit sur le dos et allongea les bras, paumes ouvertes vers le ciel. Elle ferma les yeux. Elle avait oublié combien elle aimait nager, s'épuiser, reprendre son souffle, retrouver les planches brûlantes du ponton, s'offrir à la caresse du soleil...

Le lendemain, elle serait à bord du *Dio Adelfia* dès six heures du matin. L'air serait encore frais, la lumière déjà éclatante. De l'aube à la nuit tombée, elle serait près d'Aris. Cette perspective lui sembla irréelle.

Elle se redressa. Il n'y avait ni bateaux ni promeneurs. Elle fit glisser les bretelles de son maillot et le roula jusqu'à la taille. Lorsqu'elle s'étendit à nouveau, la brûlure du bois sur le dos lui procura le plaisir qu'elle attendait. Elle le goûta pendant une longue minute, puis pencha légèrement la tête et promena son regard sur sa poitrine. La seule autre poitrine de jeune fille qu'elle avait vue était celle de Maraki, sa petite collègue à l'atelier de Mme Maritsa. Un jour que Maraki était grippée, Mme Maritsa avait demandé à Pavlina de lui apporter un faufilage pour qu'elle le fasse chez elle. Arrivée chez son amie, Pavlina l'avait trouvée couchée sur le ventre, le dos recouvert de ventouses. Elle avait alors fait exprès de lui tendre le tissu plutôt que de le poser. Maraki avait dû hausser le buste, et Pavlina avait eu le temps d'apercevoir une poitrine menue, ravissante, une véritable poitrine de princesse, avec des aréoles claires, presque transparentes... La mienne est de plus en plus grosse, se dit Pavlina. Et mes aréoles... Laides et noires comme le charbon. Elle posa ses mains sur ses seins et imagina que c'étaient les mains d'Aris. Mais elle les retira très vite, par crainte de faire naître un désir auquel elle n'aurait pu répondre comme elle l'aurait fait chez elle.

Combien d'années vont s'écouler avant qu'un garçon ne me tienne contre lui ? se demanda Pavlina. Les filles se mariaient tard à Spetses. L'usine et le collège préféraient employer des célibataires. Les hôtels offraient des places de femme de chambre ou de lingère, mais durant l'été seulement. Le mariage attendrait. Les émois aussi, sans doute. De toute façon, ce ne serait pas Aris qui les lui offrirait. Ni à elle, ni à aucune autre fille.

Pavlina repensa à l'incident et la jalousie lui mordit le foie.

*

Il avait eu lieu à la fin d'août, un jour où le meltème[1] était devenu fou. Voulant profiter d'une accalmie en fin d'après-midi, Aris s'était décidé à faire un aller-retour à Costa, sur la côte du Péloponnèse. Mais à peine le *Dio Adelfia* avait-il quitté le port que le temps avait basculé à nouveau. Le caïque s'était retrouvé dans des creux de deux à trois mètres. Pour éviter le roulis, Aris devait prendre la vague de front. C'était la manière la plus sûre de rejoindre la côte, mais aussi la plus impressionnante. Le *Dio Adelfia* se cabrait et, durant quelques instants, donnait le sentiment d'être suspendu en l'air. Puis il retombait à plat dans un bruit terrifiant, comme s'il avait été lâché dans le vide. Assise tout à l'arrière, Pavlina s'amusait des soubresauts du caïque. A quelques pas d'elle, une touriste américaine, le visage tordu par la peur, s'était soudain mise à hurler : « *Stop ! Please, stop !* » Prenant appui tantôt sur une épaule, tantôt sur un genou, Pavlina avait réussi à se porter à ses côtés. Elle lui avait pris le bras, tant pour la rassurer que pour lui éviter de tomber du banc, et lui avait parlé dans le peu d'anglais qu'elle devait à mister Kol : « *It's okay, it's okay, Aris very good captain. My cousin, very good captain. It's okay.* » Mais la fille continuait de hurler : « *Stop, stop !* » Pavlina avait persisté :

— *My name, Pavlina, your name ?*

N'obtenant pas de réponse, elle avait ajouté :

1. Vent froid du nord.

— *I come from Spetses, you ?*

— *I'm Suzanne, I live in Paris*, lui avait enfin répondu la jeune Américaine, l'air hagarde.

— *Paris, France*, avait dit Pavlina avec fierté.

— *Yes*, avait répondu la fille en desserrant à peine les dents. *I study in Paris.*

A mesure que le caïque s'approchait de la côte, le Péloponnèse faisait écran au meltème et les creux diminuaient. Bientôt ils ne faisaient plus qu'un mètre et, par comparaison, tout semblait calme. L'Américaine avait recouvré ses esprits et s'était tournée vers Pavlina. Elle l'avait embrassée sur la joue :

— *Thank you so much, what was your name again ?*

Elle avait parlé si vite que Pavlina ne comprit pas ce qu'elle voulait. Puis, observant Aris d'un œil attentif, l'Américaine avait ajouté :

— *Is he your cousin ?*

— *Yes, yes, Aris, my cousin*, avait répondu Pavlina, heureuse d'avoir compris la question. *Very good captain, yes ?*

— *Yes*, avait fait l'Américaine, le regard à nouveau sur Pavlina.

Puis elle avait ajouté, l'air espiègle :

— *Is he only your cousin ?*

Pavlina n'avait pas su quoi répondre, et l'Américaine avait souri.

Arrivé à la côte, Aris avait accosté à flanc de digue, ce qu'il faisait toujours lorsque la mer était forte. La manœuvre facilitait le débarquement mais augmentait le risque d'éraflure de la coque contre la jetée. Il fallait agir vite : Pavlina tirait sur le cordage tribord pendant qu'Aris aidait les touristes à débarquer. Lorsque ce fut au tour de l'Américaine, celle-ci saisit le visage d'Aris entre ses mains, lui planta un baiser sonore à même la bouche et lui lança : « *Thank you, captain !* » avant de sauter à terre.

Aris détourna les yeux, très gêné, et s'occupa d'aider le touriste suivant. Pavlina, qui avait suivi la scène, ragea contre cette Américaine qui avait obtenu en un instant ce dont Pavlina rêvait depuis si longtemps... En plus, elle l'avait aidée...

Plus tard dans la soirée, après avoir amarré le *Dio Adelfia* pour la nuit, Pavlina dit à Aris :

— Allons bavarder devant la maison des Suisses.

— Allons si tu veux, répondit Aris d'un ton bougon.

Le ponton était trempé, et ils allèrent s'asseoir sur un rocher, à quelques mètres du rivage.

— Dis-moi ce que tu penses du dernier trajet ! Vas-y, dis-moi ! demanda Pavlina.

Aris resta muet. Elle insista :

— Tu as eu ta récompense au moins !

— Quelle récompense ? De quoi tu parles ?

— Mais de l'Américaine, voyons ! Un beau baiser bien sur la bouche ! Je l'ai vue t'embrasser...

— Fiche-moi la paix avec cette histoire.

Il avait parlé avec impatience, s'en voulut et ajouta, très vite :

— Pardonne-moi, je suis trop nerveux.

Mais il s'était à nouveau exprimé sans façon.

— Tu me parles comme si j'étais une petite fille, dit Pavlina.

— Ce n'est pas ça.

— Bien sûr que oui. Parle à d'autres, si ça te chante !

A peine avait-elle lancé sa bravade qu'elle le regretta. Aris était du genre à se lever et partir. Elle aurait dû se retenir.

Il y eut un silence, puis d'un coup Aris lui parla d'un ton dans lequel Pavlina retrouva une affection d'enfance :

— Il n'y a pas d'autres, Pavlina. Il y a seulement des choses dont je ne peux parler à personne.

— Pas même à moi ? Quelles choses, Aris ? Quelles choses ?

— Des choses difficiles. Même à toi je ne peux pas les dire. Elles te rendraient triste. Et puis…

— Et puis ?

— Tu ne les comprendrais pas.

— Bien sûr que je les comprendrais, Aris. A qui d'autre pourrais-tu les confier ?

Il ne dit rien. Elle ajouta :

— Parle-moi, mon Aris. Quelle que soit la tristesse qui déchirera mon cœur, parle-moi.

Elle avait eu à cet instant le pressentiment qu'elle était en train de créer son propre malheur, qu'elle allait souffrir infiniment.

Aris avait passé lentement son index sur la joue de sa cousine. Puis il avait laissé glisser sa main sur les cheveux drus jusqu'à la naissance de sa natte.

— Tu es la personne que j'aime le plus au monde, lui avait dit Pavlina.

— Toi aussi, ma Pavlina. Si j'avais une sœur, je ne l'aimerais pas plus que je ne t'aime.

La remarque se voulait tendre. Pavlina l'aimait autrement.

— Si tu portes un secret et que tu me le confies, je mourrai avec, avait dit Pavlina.

Elle s'était arrêtée, puis avait ajouté :

— Je t'aimerai avec ton secret et je mourrai avec lui.

Aris avait laissé passer un long moment. Puis, d'une voix basse et nerveuse, il avait murmuré :

— J'aime les garçons, tu comprends ? Je n'aime pas les femmes. J'aime les garçons. J'aime le corps des garçons. J'aime l'odeur des garçons ! J'aime leurs muscles ! leur force ! J'aime serrer un garçon dans mes bras ! Tu comprends ?

— Non, avait balbutié Pavlina.

Elle s'était mise à frissonner, puis avait saisi la main de son cousin, l'avait portée contre sa joue et l'avait embrassée, avant d'éclater en sanglots.

Aris l'avait laissée pleurer. Lorsque ses soubresauts s'étaient atténués, il lui avait dit :

— Je n'aurais pas dû te parler.

Il lui avait entouré les épaules de son bras, avant d'ajouter :

— Voilà. Tu connais mon secret. Garde-le.

— Il est au fond de mon cœur, lui avait répondu Pavlina. Je vivrai avec lui et je mourrai avec lui. Je t'aime, mon Aris, si tu savais…

Au cours des semaines suivantes, Pavlina s'était mise à décortiquer ses bonjours, ses regards, ses poignées de main, ses silences, ses rires. Un matin, alors qu'ils quittaient le Vieux-Port, elle lui avait demandé :

— C'est Thanassis ?

Il ne lui avait pas répondu. Un quart d'heure plus tard, alors qu'ils attendaient à la jetée de Dappia, il avait soufflé :

— C'est lui.

Le soir même, sur le ponton des Suisses, elle avait appris que les deux garçons se voyaient depuis des années. Depuis qu'Aris avait seize ans.

*

Pavlina soupire. Elle replace le haut de son maillot sur sa poitrine, se relève lentement et remonte le chemin caillouteux qui mène au phare.

III

Dimanche 7 juillet 1957

— On y va ? On est déjà dix-sept ! cria Pavlina.

Elle se tenait en équilibre à la proue du *Dio Adelfia*, une main sur le hauban, prête à aider les touristes qui voudraient monter à bord.

Aris ne répondit pas. Assis à côté du gouvernail, jambes croisées, une cigarette à la main, il avait le regard tourné vers la station de calèches.

— C'est déjà midi et demi ! lança Pavlina.

Le départ de l'excursion était annoncé pour midi. Attendre, c'était courir le risque de voir des passagers se lever et quitter le caïque. Début juillet, il n'y avait encore que peu de touristes sur l'île. La jauge du *Dio Adelfia* était de vingt-trois. Dix-sept clients, c'était un très bon remplissage.

Le silence d'Aris était incompréhensible.

— Alors ? cria Pavlina.

Elle n'osa pas ajouter : « Les gens vont s'impatienter », car du coup les touristes se seraient mis à rouspéter pour de bon.

Au même instant, une dame d'un certain âge se leva et quitta le caïque. Pavlina s'apprêta à aller secouer son cousin quand soudain elle comprit ce qui le perturbait. Le regard d'Aris était rivé sur Thanassis. Le cocher faisait reculer son cheval. Il aurait pu effectuer la manœuvre assis, en tirant sur les rênes. Mais il la faisait en tenant son cheval au mors, sans se presser. La reculade prit une bonne minute, durant laquelle il garda les yeux tournés vers Aris. Son regard était indéchiffrable. On ne pouvait dire s'il voulait séduire ou narguer.

A croire qu'il retient sa jument, se dit Pavlina.

Elle posa son regard sur Thanassis et eut le cœur serré. Le garçon était splendide. Ses cheveux, blonds et bouclés, très fournis, tranchaient avec la peau mate de son visage, et il en résultait un contraste saisissant, somptueux. Sa camisole bleu clair, sans manches, dévoilait des épaules magnifiques, épaisses et larges, soyeuses, prises dans une peau cuivrée. Le mouvement de contrainte qu'il exerçait sur le cheval faisait valoir une musculation longue et nerveuse. L'effort rendait les veines de ses avant-bras saillantes et en faisait ressortir toute la force.

Qu'il aille au diable, se dit Pavlina.

*

Un soir d'août, six ans plus tôt. Le soleil a tapé fort pendant la journée. A dix heures, l'air est encore étouffant. Ils sont quatre à jouer au football sur l'esplanade du Poséidon. Il y a Yannis le cocher, Theodoris, le fils de Ghikas, celui qui durant l'hiver travaille à la même menuiserie qu'Aris, et bien sûr Thanassis et Aris. Les garçons sont torse nu. Leurs quatre maillots, jetés au sol, marquent les deux buts.

Mais comment délimiter la hauteur d'un but, lorsque l'on joue au football dans la rue ? Une balle tirée par Thanassis est bien haute.

— Elle est dehors, non ? demande Theodoris.

— Et comment ! lance Aris. Une vraie chandelle.

— Elle est bonne ! hurle Thanassis.

Il est à bout, rouge, essoufflé. Il cherche Yannis et Theodoris du regard. Aucun ne le soutient. Alors il lâche :

— Sauf pour les tricheurs bien sûr !

Aris bondit vers lui.

— Répète un peu !

En une fraction de seconde, ils sont l'un sur l'autre. Aris est court de taille, mince, très musclé. Mais agile ! Rapide ! Une vraie anguille. Thanassis est grand, puissant, presque lourd, d'une force peu commune. Les deux garçons se veulent du mal. Ils s'étreignent, s'attrapent, se serrent, mettent dans leur lutte autant de force et de violence qu'ils peuvent. Yannis et Theodoris sont désemparés. Ils ne comprennent pas.

Thanassis prend le dessus. Il plaque Aris ventre contre terre, s'assied sur son dos, et presse aussi fort qu'il peut. Aris touche terre des deux épaules. Puis, d'un soubresaut, il se dégage, se relève, saisit Thanassis aux bras et, d'un mouvement latéral de la jambe, le fauche. C'est maintenant Aris qui a le dessus. Thanassis est dos à terre, et Aris appuie de toutes ses forces sur les épaules immenses de Thanassis, pendant que celui-ci lui fait une clé à lui broyer les côtes. Les deux garçons sont agrippés l'un à l'autre, à bout de souffle, en nage. Ils se regardent d'un air surpris, intense, soudain dénué de fureur. Aris baisse les yeux. Alors

Thanassis desserre son étreinte, et les deux garçons se relèvent, à moitié nus, silencieux et troublés.

Quelques jours plus tard, alors qu'ils marchent le long de la *paralia*[1] en direction du Vieux-Port, Thanassis dit à Aris :

— Si tu veux, nous pourrions faire de la lutte de temps en temps. C'est un beau sport.

Il parle en regardant la mer.

— Si tu veux, répond Aris. Il tremble.

Du côté de Kounoupitsa, il y a un terrain assez plat, recouvert d'herbe. Ce sera plus confortable.

— D'accord.

— Et il n'y a jamais personne, ajoute Thanassis.

Aris ne dit rien.

Ils s'y retrouvent, deux jours plus tard.

— On y va, dit Thanassis.

Il se met torse nu. Aris tremble en le regardant se défaire. Thanassis jette son maillot à terre. À son tour, Aris ôte son maillot et le lance sur celui de Thanassis.

Ils entament leur lutte avec dans les yeux moins de violence sauvage que devant le Poséidon. Ils mettent plus de force dans leurs prises, plus d'engagement. Mais ils sont attentifs, prévenants, soucieux de saisir, serrer ou plaquer sans blesser.

Après quelques minutes, Aris sent qu'il a une érection. Il s'arrange pour faire une clé sur la jambe de Thanassis. Serrant tant qu'il peut, il maintient la cuisse de ce dernier contre son sexe. Thanassis comprend et

1. Route du bord de mer.

commence un mouvement de va-et-vient, d'abord lentement, puis de plus en plus vite, jusqu'à ce qu'il sente Aris éjaculer contre lui, par longs jets.

Ils ne se disent rien, restent enlacés jusqu'à ce qu'Aris retrouve son souffle. Après quoi ils se lèvent et sans échanger un mot retournent à Dappia.

Dès lors ils se rendent à Kounoupitsa chaque jour, s'enhardissent, découvrent de nouvelles positions, prennent des initiatives de plus en plus crues. Ils apprennent le plaisir de toucher la peau d'un visage et d'un corps, de se saisir du sexe de l'autre, d'abord par la main, puis par la bouche.

Leur rituel s'enrichit. Les garçons goûtent la douceur d'embrasser des lèvres, de les mordre, découvrent le délice de tenir contre soi un corps musclé, de le caresser, de le combattre, d'en respirer l'odeur forte. Au point de ne plus pouvoir se passer de ces vertiges.

*

Ah et puis zut ! se dit Pavlina.

— Aris ! On n'est plus que seize !

— *Laska*, lui cria son cousin d'un air irrité.

Il détourna son regard et tira rageusement sur le démarreur du *Dio Adelfia.* Il avait bien fait de lâcher Thanassis. Ce n'était qu'un rustre. Et un idiot. Takis, c'était tout autre chose… Raffiné, cultivé, délicat. Et qui avait tant à lui apprendre…

Pavlina ne se faisait pas à l'idée qu'Aris aimait les hommes. A sa jalousie s'ajoutait l'incompréhension.

Qu'est-ce que des garçons pouvaient bien se trouver ? Qu'ils soient amis et discutent football, oui, mais qu'ils s'aiment entre eux ? Comme un homme et une femme ? Et à faire quoi ? Cela lui paraissait absurde. Et ce Takis qui tournait autour d'Ans avec ses grands airs d'Athénien... Et maintenant Thanassis qui faisait à nouveau le malin...

Un crétin ! pensa Pavlina.

Aux environs de midi chaque jour, au moment où les passagers pour le Péloponnèse se faisaient plus rares, Aris et Pavlina proposaient une excursion à Ayii Anarghiri, une baie large et calme située sur l'autre versant de l'île, que les collines protégeaient du meltème.

Le *Dio Adelfia* prenait par le nord. Passé la pointe du phare et la maison des Suisses, il n'y avait plus trace de constructions. Le caïque longeait une succession de criques petites et délicates. Malgré l'immensité de la mer, elles offraient un sentiment d'intimité si fort que très souvent les touristes restaient silencieux, saisis par la beauté qui les entourait de tous côtés : un ciel sans nuages chauffé à blanc, une mer de début d'après-midi, plate, scintillante, et de part et d'autre du caïque les collines douces de Spetses et de Spetsopoula, couvertes de pins et de buissons sauvages. La nature les avait plantés jusqu'à la mer, si serrés que les deux îles en étaient toutes moutonnées. Il en résultait un effet de moelleux qui adoucissait l'âpreté du soleil et accueillait le regard.

Arrivés à Ayii Anarghiri, Aris et Pavlina suivaient un rituel immuable. Après avoir aidé les touristes à débarquer, ils s'étendaient sur les banquettes du caïque, la tête posée sur un linge roulé en boule, à l'ombre d'une toile tendue entre mât et hauban. Ils s'endormaient vite. Une heure plus tard environ, Pavlina partait nager pendant qu'Aris gardait le bateau. Elle faisait trois ou quatre fois la traversée de la crique, puis remontait à bord où, avec son cousin, elle déjeunait des provisions que leur avait préparées Fotini. C'était toujours des tranches de pain et de feta, des olives et ce qui était resté du dîner de la veille. A seize heures, Aris lançait trois coups de corne, les touristes regagnaient le caïque, et le *Dio Adelfia* levait l'ancre.

Ce jour-là, leurs passagers étaient pour la plupart des Scandinaves ou des Anglais. Il n'y avait que quatre Grecs, deux couples, l'un de Patras, en voyage de noces, l'autre de Larissa.

Les époux de Patras étaient tous deux courts de taille, blancs de peau, et grassouillets, presque gros. Pourtant mari et femme portaient en eux cette beauté inexplicable que donne le bonheur à ceux qu'il traverse. Ils rayonnaient. En plus, ils se ressemblaient étrangement.

— Vous êtes frère et sœur ? leur demanda Pavlina en riant pendant qu'elle encaissait le prix de l'excursion.

— Nous sommes cousins, répondit la jeune mariée en souriant.

— Et même cousins germains ! ajouta son mari. Sur l'île, il y avait eu de nombreux mariages entre cousins. Elle aurait pu aimer Aris. Mais voilà. Elle devrait se contenter de l'un de ces bellâtres qui aimaient faire les malins à se promener dans Dappia en parlant à voix trop forte.

Et si un étranger de passage tombait fou amoureux d'elle ? Elle sourit. Un mister Kol ? Un homme beau, riche, qui aurait connu beaucoup de femmes ? Un homme fort et tendre ?

Elle ne voulait qu'Aris.

*

Lorsque le *Dio Adelfia* fut à un mètre de la digue d'Ayii Anarghiri, Pavlina sauta du caïque, noua l'amarre, puis aida les touristes à débarquer. Pour la plupart, ils choisirent le plein soleil et allèrent déplier leur serviette à même les galets. Seuls les deux couples grecs se mirent à l'ombre d'une pinède, à une trentaine de mètres de l'eau. Après que le dernier touriste eut quitté le bateau, Pavlina s'arc-bouta, tira en force sur le cordage, lâcha l'amarre et sauta sur le caïque.

— Tu veux dormir ?

Assis sur le tableau de la poupe, le regard absent, Aris ne répondit pas. Pavlina s'approcha de lui, se recroquevilla et posa la main sur son genou :

— Tu veux dormir ?

Il secoua la tête.

— Tu t'es disputé avec Thanassis ?

Il y eut un silence.

— Et Takis ? demanda Pavlina.

Le visage d'Aris s'éclaira.

— Il vient la semaine prochaine. On commence les répétitions de la pièce qui fera l'ouverture de la saison.

— La pièce qui fera l'ouverture de la saison ? Aris ! Tu parles comme un Athénien !

Elle éclata de rire. Elle était mortifiée.

— Ris, bécasse ! Je lui donnerai la réplique, sache-le !

Il lui tourna le dos et s'étendit pour la sieste.

Pavlina resta longtemps assise sur le tableau arrière. Elle était défaite. Ses pensées se perdaient. Qu'attendait son cousin de ce Takis ? Et lui, qu'est-ce qu'il pouvait bien manigancer avec ces répétitions ? Aris était menuisier. Est-ce qu'on répète une pièce de théâtre avec un menuisier de Spetses ? Et cet abruti de Thanassis qui faisait le beau…

Je dois me calmer, se dit Pavlina.

Son regard se mit à sautiller d'un touriste à l'autre. L'un d'entre eux plongea dans la crique, fit quelques brasses, puis tenta de toucher le fond. Aussitôt elle compara son inélégance à la manière dont Aris basculait son corps, un coup sec impeccable à la verticale. Il repoussait l'eau d'un mouvement des bras si puissant qu'en un éclair il disparaissait tout entier dans les flots sans presque faire d'écume. Pavlina détourna son regard du plongeur et observa les touristes étendus sur les galets. Y en avait-il un seul dont la beauté et la force s'approchaient de celles d'Aris ?

Elle passa ainsi l'après-midi à se languir, changeant sans cesse de posture, incapable de se calmer. Lorsque, à quatre heures, Aris lança ses trois coups de corne, elle ressentit un soulagement.

Aris entreprit de remonter l'ancre. Très lentement, le caïque se mit à glisser vers le point d'ancrage. L'instant était d'une beauté inouïe. Aris hissait l'épaisse corde sans hâte et l'enroulait avec soin à mesure qu'il la ramenait à bord. Le mouvement du caïque, la remontée de l'ancre et l'enroulage de la corde se faisaient dans une harmonie parfaite.

Puis d'un coup l'harmonie se brisa. Le bateau continua de glisser, mais l'angle de pénétration de la corde dans l'eau augmenta, devint angle droit et s'inversa. La corde se tendit et fila sous la coque. Le caïque subit un petit choc, puis s'immobilisa. L'ancre était bloquée. Assise à la proue, les jambes de part et d'autre de l'étrave, Pavlina se leva d'un bond et courut vers son cousin.

— Je vais essayer de la dégager en tirant depuis le large, dit Aris. Elle devrait céder. Sinon tu restes à bord et je plonge.

Aris éloigna le caïque du point de pénétration de l'ancre et tira sur la corde aussi fort qu'il put. Rien n'y fit.

— L'une des dents doit être prise dans le trou d'un rocher. Je plonge la débloquer.

— Il y a à peine cinq mètres, lança Pavlina. Le plus simple est que j'y aille.

Aris ne la contredit pas. S'il y allait lui-même, Pavlina n'aurait pas été capable de le hisser à bord à la force du poignet. Ils auraient dû s'amarrer à nouveau.

Pavlina se défit de son blouson et de son short. Il la verrait à l'œuvre. Peut-être même que si elle réussissait, il la regarderait autrement, lorsqu'elle serait en maillot de tricot mouillé. De toute façon, une fois à bord, elle attendrait tant qu'elle pourrait avant de se sécher.

Elle ajusta son masque, cria : « *Laska* » et sauta à l'eau. Aris lâcha la corde. Très vite, Pavlina repéra l'ancre, bascula le torse et s'enfonça dans la mer à la verticale. Quelques secondes plus tard, elle remontait à la surface, tirant sur la corde avec facilité.

— Bravo ! lança Aris.

Elle s'approcha de la coque. Son cousin se pencha par-dessus bord et la saisit des deux mains. Alors qu'il la hissait en reculant, il buta du pied sur l'une des entraves du caïque et lâcha le poignet gauche de Pavlina. Elle tournoya sur elle-même, se retrouva dos contre le bateau, toujours tenue d'une main par son cousin, et partit d'un grand éclat de rire :

— Je glisse !

Aris se pencha rapidement par-dessus bord, tenta de stabiliser Pavlina contre la coque et se retrouva la main droite étalée sur son sein gauche.

Pavlina sentit ses aréoles se resserrer. Elle ferma les yeux et ne bougea pas.

— Retourne-toi dès que je te lâche, lui dit son cousin.

— Attends, dit Pavlina dans un souffle.

— Qu'est-ce qu'il y a ?

Il n'y avait rien. Elle voulait faire durer l'instant. Elle ferma les yeux, respira profondément et enfin lâcha :

— Prête !

Il retira le bras. Pavlina pivota très vite, Aris la saisit aux deux poignets et la remonta sur le caïque.

— Pardon, dit Aris.

Il avait parlé sans la regarder.

— Ce n'est rien, répondit Pavlina.

Elle retourna s'asseoir à la proue. Elle tremblait.

Ils n'échangèrent pas un mot jusqu'au retour. A Dappia, le couple de Patras s'approcha de Pavlina. La jeune femme demanda :

— On nous a parlé d'une taverne sur le bord de mer qui sert des poulpes grillés au charbon de bois. Tu sais où elle est ?

Pavlina ne voulait à aucun prix retrouver ce couple collé à eux chez Dinos.

— Essayez chez Patralis, du côté de Kounoupitsa, je crois qu'ils en font.

Kounoupitsa, c'était de l'autre côté du village. Et Patralis ne faisait griller des poulpes que très occasionnellement. Chez lui, les clients allaient faire de vrais repas.

Pavlina s'étonna d'avoir pu mentir le cœur léger, et cela lui procura un plaisir inattendu.

*

Après que les touristes eurent débarqué, Aris et Pavlina reprirent les navettes entre Spetses et la côte du Péloponnèse. Les passagers de fin de journée étaient surtout des Spetsiotes. Le meltème avait été annoncé fort pour les trois jours à venir et chacun voulait faire ses courses avant que les caïques ne soient cloués au port.

— On fera trois navettes d'ici onze heures, dit Aris.

— Un aller-retour chaque deux heures, répondit Pavlina. Elle ajouta : Trente minutes pour faire le plein.

Elle était soudain d'humeur joyeuse. La main d'Aris lui avait tenu le sein. Ils se reparlaient.

Trois allers-retours. Six voyages. Chacun durait de vingt à vingt-cinq minutes, selon la mer, mais il y avait aussi le temps d'amarrage. Pavlina comptait avec une facilité déconcertante. Elle prit plaisir à prévoir le produit de la journée. Deux drachmes par trajet, dix-huit à vingt passagers, dont des enfants. Elle arrondit à trente drachmes. Six navettes par jour, douze allers-retours, trois cent soixante drachmes, plus l'excursion à Ayii Anarghiri, seize fois trois, quarante-huit, au total quatre cent huit drachmes dont il fallait déduire un tiers pour les frais du bateau. Magda ne pourrait pas dire que sa fille ne gagnait pas sa vie.

*

Sur la côte, le *Dio Adelfia* dut chaque fois s'amarrer de tout son long, tant la mer était agitée.

— Qu'est-ce qu'ils ont tous ce soir à vouloir bouger ? dit Aris comme si cela l'irritait d'avoir de nombreux clients.

Et s'il avait fait exprès de la lâcher pour lui serrer les seins ? Est-ce qu'un garçon qui aime les garçons ne peut pas avoir envie de serrer les seins d'une fille ? Et même faire d'autres choses avec elle ? La caresser ? L'embrasser ? Est-ce que ce ne serait pas naturel qu'il ait de telles envies ?

Elle remonta les cordages, s'affaira à les enrouler avec un soin superflu et les poussa sous le tableau, après quoi elle s'assit à la proue, ce qui lui évitait d'avoir à regarder Aris.

A califourchon sur le bord du bateau, Aris éloignait le caïque de la digue en le poussant du pied.

La trajectoire du caïque vers Dappia était pratiquement plein sud. Le vent, qui venait par rafales du nord-est, soumettait le bateau au roulis, et le caïque était arrosé à chaque vague qu'il cisaillait. Assise à la proue, Pavlina risquait à tout moment de basculer à l'eau.

— Viens à l'arrière, lui cria Aris.

Elle recula à peine, s'assit sur le banc tribord, loin de son cousin, et ne bougea pas durant le reste du trajet, malgré les paquets d'eau qu'elle prenait en plein visage.

Elle espérait de toutes ses forces qu'après avoir débarqué leurs passagers, ils s'arrêteraient chez Dinos. S'il avait ressenti quelque chose d'inattendu en lui touchant les seins, peut-être qu'il aurait envie de se confier. De se dévoiler... De lui dire : « Tu sais, c'était agréable de te toucher les seins. »

A l'arrivée, son cœur se serra. La digue était balayée d'eau, et Dinos n'avait pas installé ses tables sur la jetée.

— Allons dedans, dit Aris, dès que Pavlina eut amarré le caïque à la digue.

L'invitation était inattendue. L'endroit était exclusivement masculin, et Pavlina n'y était jamais allée. De peur de le faire changer d'avis, elle se tint en retrait et le laissa marcher deux pas devant elle.

La taverne n'était rien d'autre qu'une grande pièce carrée de six à sept mètres de côté qui faisait office d'épicerie et de café. Elle avait été décorée, ou plutôt arrangée, par Dinos lui-même, au fil de ses inspirations successives. Il avait un jour décidé de lambrisser les murs à mi-hauteur. Six mois plus tard il avait demandé à un cousin qui tenait un chantier naval de protéger les lambris. Celui-ci les avait recouverts d'un vernis si criard qu'on aurait pu les croire vitrifiés. Sur le haut d'un mur, à même la maçonnerie, Dinos avait peint la presqu'île du phare, un vrai dessin d'enfant. Ailleurs, des étagères fixées sans symétrie étaient surchargées de bouteilles et de conserves. Des cartons remplis de produits de toutes sortes avaient été déposés un jour ou l'autre le long des murs et tenaient lieu d'étal. Dans un coin de la pièce, un rideau perlé indiquait la présence de lavabos. Dans la salle, une demi-douzaine de petites tables en bois, recouvertes de toile cirée, étaient occupées exclusivement par des hommes. C'étaient presque tous des habitants d'Analipsi ou d'Ayos Nikolas, les quartiers situés au-dessus de la *paralia*, la route du bord de mer.

Aris avait à peine passé le seuil de la taverne qu'il s'arrêta d'un coup. Thanassis était attablé avec Yannis, le frère de Maraki, la collègue de Pavlina.

— Assieds-toi avec nous, lança Yannis à Aris.

Puis il vit Pavlina :

— Qu'est-ce que tu fais ici ? Ce n'est pas ta place.

Pavlina ne répondit pas et s'assit tête basse. Bien sûr qu'elle n'était pas à sa place. La taverne était exiguë, enfumée, très bruyante. Ce n'était pas un lieu pour une femme, encore moins pour une jeune fille. Mais quand même. Si son père avait été vivant, Yannis ne lui aurait pas parlé de la sorte.

— Ne réponds pas, lui dit Aris.

A peine étaient-ils assis que Thanassis se leva, lança : « *Yassas* » et, debout près de son ancien amant, vida très lentement son verre de bière. Il avait passé sa journée à conduire une calèche et savait qu'il dégageait une odeur âcre. Il la jetait au visage d'Aris, histoire de remuer des souvenirs.

— Une bière, cria Aris à Dinos pour faire diversion.

Thanassis posa son verre en le tapant sur la table et quitta la taverne.

Pavlina vit Yannis froncer les yeux :

— Je vous croyais bons amis, dit-il d'un air étonné en s'adressant à Aris.

— Quand j'ai vu Thanassis ce matin à Dappia, il était très énervé, osa Pavlina.

— Qu'est-ce que tu comprends à ces choses ? lui dit Yannis d'un ton cassant. J'ai travaillé toute la journée avec lui. On s'est croisés vingt fois, trois fois nous avions nos calèches côte à côte. Il était joyeux comme tout !

Aris, Thanassis et lui avaient grandi ensemble. Joué ensemble. Qu'y avait-il entre les deux autres pour qu'il se sente étranger ? Quelque chose lui échappait.

— Vous vous êtes querellés ?

— Ne te mêle pas de ces histoires, dit Aris.

— Quelles histoires ? demanda Yannis.

Aris se leva, salua Yannis d'un geste sec de la tête et quitta la taverne.

Sur la route du bord de mer, il se mit à marcher d'un pas si rapide que Pavlina dut courir pour pouvoir le suivre. Elle était épouvantée.

IV

Jeudi 15 août 1957

« On va lire le texte d'une traite, avait dit Takis, c'est la seule façon d'en dégager le contenu dramatique. » Mais à minuit, ils en étaient encore au premier acte. Debout au milieu du salon, figé, Aris avait le regard cloué au sol. Takis secoua lentement la tête :

— Je ne comprends pas ce qui t'arrive. Tu n'y es plus du tout. A chaque répétition, au lieu de mieux vivre le texte, tu t'en éloignes. C'était bien il y a trois semaines et maintenant tu sonnes faux.

*

Aris se souvint du regard de Takis lorsqu'il s'était rendu pour la première fois dans sa maison du Vieux-Port, en janvier. Un regard rapide et sûr, que Takis avait conclu par un aller-retour infime des sourcils. Un regard de consommateur.

La veille au soir, l'une des fenêtres du salon avait laissé passer la pluie. Le sol était trempé et il avait fallu réparer en urgence.

Aris avait arrêté l'inondation en un tour de main. Takis l'avait observé pendant qu'il travaillait. Avec des gestes choisis, Aris avait remplacé deux baguettes, mastiqué les joints et créé un renvoi d'eau dans le guichet du cadre comme s'il s'était agi de restaurer un objet délicat.

— C'est fait, avait-il dit en regardant Takis dans les yeux.

— Je t'offre un café ?

Takis avait posé la question avec le sourire, et Aris s'était dit qu'aucun Athénien ne lui avait jamais parlé si amicalement. Du reste, personne, si ce n'est sa mère ou Magda, ne lui avait jamais préparé un café.

Takis l'avait aidé à se raconter. Aris avait parlé de son enfance, du drame du *Dio Adelfia*, de son travail de menuisier l'hiver, de capitaine l'été. A son tour, Takis lui avait décrit la vie d'acteur au Théâtre national. « C'est un travail comme un autre. » Il avait eu la délicatesse de le présenter avec sobriété. « Il suffit d'écouter tes personnages, avait-il dit à Aris, puis de répéter ce que tu entends de leur bouche et de leur cœur. En plus, je suis fonctionnaire de l'Etat, ce n'est pas rien par les temps qui courent ! » Aris avait ri, subjugué par tant de simplicité chez une vedette.

— Voudrais-tu m'aider à répéter ma prochaine pièce ? avait demandé Takis de but en blanc. Le Théâtre national prépare une nouvelle production d'*Electre* à la rentrée d'avril. Je tiendrai le rôle d'Oreste.

— Que vous dire ? avait balbutié Aris.

Il était pétrifié, démuni, séduit sans recours possible.

Takis s'était saisi d'un exemplaire de la pièce sur lequel les répliques de trois personnages étaient déjà soulignées : celles d'Electre, du percepteur et du Coryphée.

— Les rôles soulignés sont ceux pour lesquels j'ai besoin qu'on me donne la réplique. Jette un coup d'œil pour voir si ça te plaît. Demain je vais à Athènes pour la semaine. Si tu veux, on commence les répétitions à mon retour.

Aris avait senti une vague de gratitude l'envahir. Quatre années d'école primaire ne lui permettaient pas de lire sans balbutier une phrase qui faisait plus de trois mots. En homme délicat, Takis lui donnait la possibilité de faire bonne figure. Mieux : il l'encourageait, lui indiquait la voie, l'informait sur ses attentes : « Je compte sur toi », voilà ce que lui disait Takis. Alors il avait préparé ses répliques avec un soin infini, lisant et relisant son texte, cherchant, par un travail acharné, à dissimuler son accent chantant. Et puis, il en était sûr, Takis avait autre chose en tête. Plus tard, sa proposition leur permettrait de se retrouver à loisir tout en sauvant les apparences.

A la première répétition, Aris avait été brillant. Le regard fièrement planté sur celui de l'acteur, il avait aligné ses répliques d'un ton dénué de tout effet, à l'ancienne, sans commettre la moindre erreur.

— Tu m'épates…, avait dit Takis.

Tard dans la nuit, après qu'ils eurent fait l'amour à trois reprises, Takis lui avait susurré :

— Tu es un garçon extraordinaire.

Le compliment était sincère. Aris avait un corps fin et musclé, une peau très douce, des érections tendues, une grâce dans les gestes, une simplicité dans les mots, qui touchaient l'acteur. Il se donnait et prenait avec une force et une tendresse que Takis n'avait rencontrées chez aucun autre garçon.

L'admiration de Takis engendra la méprise. Aris l'attribua à ses talents d'acteur. Elle n'était due qu'à ses qualités d'amant. Ainsi, lorsque Aris racontait le déroulement des répétitions à Pavlina, il avait toujours l'air triomphant.

Et voilà que Takis souhaitait à nouveau faire appel à lui comme répétiteur...

— La pièce s'appelle *Ulysse le Vaniteux*. Elle est d'un Suédois, Hanson, Hansen, un nom comme ça. Takis me dit qu'il est très connu, qu'il a même fait des films. J'aurai à donner la réplique pour un seul personnage, mais ce sera plus important que pour *Electre*.

— Comment s'appelle la pièce ? demanda Pavlina.

— Tu n'écoutes pas ! Son titre est *Ulysse le Vaniteux*. Deux personnages sont face à face durant toute la pièce, Ulysse et son fils Télémaque. Et moi je répète pour Télémaque, c'est presque le premier rôle. Pas mal, non ?

Pavlina le regarda avec dédain :

— Et c'est toi qui vas jouer ?

— Mais non, bécasse, c'est un autre Takis, je ne me rappelle plus son nom de famille, un grand acteur, qui avait sa photo dans la *Kathimerini*[1] le mois passé. Moi, je donne la réplique. J'apprends ! Un jour j'aurai un petit rôle. Tu verras, Takis m'aidera, il me l'a dit, j'en aurai ensuite un plus grand, et puis…

— Et puis et puis et puis tu rêves !

— Je ne rêve pas, je donne la réplique, bécasse ! C'est une pièce extraordinaire, elle a fait le tour du monde !

— Elle raconte quoi, ta pièce qui a fait le tour du monde ? demanda Pavlina, l'air préoccupée.

— Ulysse ment. Durant toute l'*Odyssée*, il n'a fait que subir le destin que lui a imposé Poséidon. La seule chose qu'il voulait, c'était retourner à Ithaque. Mais à son retour, sa vanité prend le dessus. Il prétend que ses années d'aventures n'étaient rien d'autre que son choix.

Ce dont Pavlina se souvenait à propos des aventures d'Ulysse, c'était ses retrouvailles avec sa femme. A l'école des filles, la maîtresse évitait de s'attarder sur ses aventures féminines. L'important, c'était qu'elles deviennent de bonnes épouses. Pour elles, l'*Odyssée*[2], c'était Pénélope.

— Et alors ?

— Tu ne m'écoutes vraiment pas ! Ulysse prétend que c'est lui qui a choisi son destin !

— Et c'est vrai ?

— Bien sûr que non ! Il n'a fait que subir… Mais il est vaniteux, alors il veut faire croire que Poséidon a cédé à ses caprices. Il ment pour que son fils l'admire. D'après Takis, le destin n'aime pas que l'on se mette

1. Journal du matin à grand tirage.
2. En grec, Ulysse se dit *Odisseas*.

au-dessus des dieux. Alors il les venge. Et Ulysse perd tout.

— Comment réagit son fils ?

— Télémaque ne se rend pas compte que son père lui ment. La pièce tourne autour de ce malentendu. Le fils s'est battu pour le père, pour lui préserver sa place, et voilà qu'il apprend l'impensable. Son père préférait l'aventure à sa famille. Télémaque lui dit : C'est moi que tu as trahi, moi plus que ma mère. La pièce est une histoire d'amour entre un père et son fils, si tu veux.

— Alors c'est le fils qui a raison ? demanda Pavlina. Ulysse est un vaurien ?

— C'est ce que j'ai demandé à Takis. Il a tout de suite dit que j'entrais bien dans la pièce.

— Ça n'a pas de sens, ton histoire, avait répondu Pavlina.

*

Janvier semblait loin à Aris. La répétition tournait au cauchemar et il était en détresse. Takis chercha le regard de Pavlina.

— Tu vois, lorsque Télémaque dit : *Quel est le propos d'un père ?*, Ulysse lui répond, attends, je te lis ma réplique : *De t'engendrer puis de poursuivre sa route d'homme. De la mener la tête haute, avec fierté, en espérant qu'elle soit longue et rude. En souhaitant croiser la fureur de Poséidon, être confronté au Cyclope féroce et lui faire face sans frémir ! Croiser Calypso et l'aimer, puis être assez fort pour s'en détacher. Voilà ce qu'un père doit laisser comme exemple à son fils. Vivre une vie audacieuse. Pas une longue suite d'années qui s'étirent, de jours et de mois uniformes, sans vents ni tempêtes. Tu as été choyé par des domestiques aimants, gorgé de vanité par une mère qui ne demandait qu'à te noyer de sa tendresse. Te fallait-il, en plus, que je me transforme en ta nourrice ? Quel homme serais-tu devenu ?*

Takis avait lu sa réplique avec majesté. Tout était en place : l'intelligence du texte, le ton, le rythme, la force, la connivence avec le spectateur. Tout.

— Tu sens la violence ? Le désir brutal du père de se faire admirer par son fils ? Lorsque Aris dit : *Quel est le propos d'un père ?* comme s'il me demandait une cigarette, il casse mon jeu ! Je ne peux pas répéter dans ces conditions ! Aris, tu m'écoutes ?

— Essayons encore une fois, murmura Aris.

Il était livide, les yeux toujours rivés au sol.

— Essayons si tu veux, dit Takis d'une voix lasse.

— *Quel est le propos d'un père ?*

— C'est mieux, dit Takis. Il y a plus de défiance, plus de force. Maintenant, saute à ta réplique suivante. Allez, vas-y, après quoi on reprend tout en enchaînant. *Penses-tu…*

— *Penses-tu avoir fait de moi un homme en passant du lit de Circé à celui de Calypso ? Tu t'es soustrait à tes charges de mari et de père et tu me dis que c'était pour le bien de ton fils ? Tu veux que j'accepte ce mensonge ? Et ta charge de roi, qu'en as-tu fait ? Me diras-tu qu'elle aussi nécessitait que tu abandonnes Ithaque ? Tu me parles d'honneur. Je ne vois que de la vanité.*

Aris lut sa réplique avec autant de fougue qu'il put y mettre, toisant Takis d'aussi haut que possible lorsqu'il lança : « *Tu me parles d'honneur. Je ne vois que de la vanité.* »

— C'est un peu mieux, dit Takis. Mais… (il secoua la tête), qu'en penses-tu, Pavlina ?

— Il est magnifique.

Elle avait dit ces mots sans y croire. Aris n'était plus lui-même. Un mois plus tôt, les répétitions le transfiguraient. Maintenant elles l'humiliaient. Aris était perdu et Pavlina ne savait pas comment sauver son cousin.

Qu'est-ce qu'il attend de Takis ? se demanda-t-elle. Où en sont-ils ? Est-ce de l'amitié ? de l'admiration ? de la passion ? Mais quelle passion ? Un homme peut-il vivre une passion pour un autre homme ?

Pavlina revenait sans cesse à cette interrogation. Pouvait-elle ressentir, elle, une passion pour Maraki, malgré ses aréoles claires et ses seins ravissants ? C'était absurde. Elle regarda Aris, puis Takis. Ils avaient tous deux les yeux tournés vers elle.

Que se veulent-ils ? S'embrassent-ils sur la bouche ? Se caressent-ils le sexe ? Chacun celui de l'autre ? Une tristesse immense l'envahit. Elle se trouvait confrontée à des forces qui la dépassaient. Elle sentit les larmes lui monter aux yeux.

A cet instant Takis annonça sur un ton anodin ce qui allait amener le malheur :

— Je t'ai dit que je jouerais cette pièce avec Takis Loukopoulos, n'est-ce pas ?

— C'était ton idée, répondit Aris. Pour que la presse relève la similitude de vos prénoms… Les deux Takis, cela attirera l'attention, c'est ça ?

— Tu es d'accord ? Cela fait mouche ! Et la saison s'approche. Justement, l'autre Takis vient répéter.

— Ici ?

— Oui.

— Quand ?

— Demain.

Aris n'écoutait plus. Il venait d'être congédié. Tu n'es rien ni personne, lui disait Takis. Tu n'es qu'un orifice dont je suis lassé.

On avait utilisé son corps. Dévoilé son inculture. Abusé de sa naïveté.

Ses rêves s'effondrent, comprit Pavlina. Le sol se dérobe sous ses pieds. Il est sans vie.

— Il s'installera chez toi ?

— Bien sûr, mon Aris, où veux-tu que je l'envoie ? Tu vois, cette pièce, elle a l'air simple. En réalité, elle est complexe, difficile. Tout le monde est habitué à voir un Ulysse magnifique, valeureux. Voilà qu'il apparaît pour ce qu'il est vraiment. Un vaniteux. Un beau parleur égoïste qui ne voit pas le merveilleux amour que lui porte son fils. Il veut le conquérir par ses mensonges. Pour finir, il perd tout, l'estime de son fils, de sa famille, de son peuple, même la sienne. Il comprend, mais trop tard, que ce qui est déshonorant, ce n'est pas de subir le destin, c'est refuser de l'affronter. Lorsque les dieux l'ont défini, ils n'acceptent pas qu'on le conteste. Alors Ulysse va se suicider, Aris, tu entends ? Il va se jeter dans la mer ! Il y retourne pour toujours ! Il faut que les personnages que nous interprétons sonnent juste pour qu'une histoire aussi différente de celle que chacun connaît puisse être crédible. Takis et moi devons discuter le drame, le vivre…

— On y va, dit Pavlina.

Aris ne bougea pas.

— Allons, reprit Pavlina.

— Tu m'avais dit que tu répétais bien avec moi. Que tu te sentais plus libre dans ton jeu. Plus toi-même…

— C'est vrai, Aris, je l'ai dit, mais c'est un texte difficile, tu vois bien. N'est-ce pas, Pavlina ? Et puis, c'est avec Takis que je vais le jouer…

— On y va ! dit Pavlina d'un ton autoritaire.

Elle tira Aris par le bras. Il se dégagea d'elle, retourna au salon et saisit la copie du texte de la pièce qui était posée sur une table basse.

— Bonne soirée, lança Takis.

— Au revoir, murmura Aris.

Dehors, il voulut remonter le chemin qui menait à Ayos Nikolas. Pavlina le prit par le bras et marcha d'autorité dans la direction opposée :

— On va chez Dinos, ça te changera les idées.

Lorsqu'ils arrivèrent devant la taverne, Aris scruta la dizaine de petites tables qui étaient disposées sur la digue. Yannis était assis en compagnie de Ghikas et de son fils Theodoris.

— Rentrons, dit Aris.

Pavlina repéra une table libre, en bout de digue, et l'entraîna de force. A leur passage, Yannis lança :

— Si je voyais ma sœur rôder par ici, elle comprendrait de quel bois je me chauffe.

Sa voix tremblait.

— Ne fais pas attention, dit Aris à sa cousine.

Il s'assit et se plongea dans la lecture de la pièce.

— Oublie cette histoire, dit Pavlina. Tu te fais du mal. Bois une bière ! Danse !

Au même instant, Yannis quitta sa table et s'approcha d'eux :

— Que faites-vous ici ? C'est un endroit pour hommes.

Il avait fini par comprendre, pour Aris et Thanassis. Ils avaient caché leur jeu. Ils s'étaient moqués de lui.

Aris ne réagit pas.

— Pour de vrais hommes, ajouta Yannis.

Il en était mortifié, blessé, triste, et méchant. Il avait parlé pour être entendu de tous.

Aris bondit de sa chaise, agrippa Yannis par sa chemise et son pantalon, le souleva avec une force et une vitesse inouïes et le lança à la mer, à trois mètres de la digue. La taverne poussa un « *Opa !* » de stupéfaction. Les Spetsiotes étaient rudes, mais entre eux ils étaient respectueux. Le passage à l'acte était rare. Demain toute l'île saurait.

Pour Yannis l'humiliation était cuisante. Il devait la venger. Il nagea jusqu'à la grève qui bordait la digue et, de la petite plage, lança aussi fort qu'il put :

— Ce n'est pas ça qui fait de toi un homme.

Il emprunta la rue qui remontait vers Analipsi et disparut, dévoré par la tristesse.

Les conversations s'arrêtèrent. Aris sentit les regards s'aventurer dans sa direction, puis s'en détourner. Lentement, le brouhaha de la digue s'installa à nouveau, mais il était moins fort qu'avant. Au matin, tout Spetses saurait que Yannis avait traité Aris de femme. Que malgré la correction, il avait récidivé par un : « Ça ne fait pas de toi un homme » qui serait répété cent fois, mille fois. Yannis n'était pas idiot. On dirait : Il doit y avoir une raison. Toute la vie d'Aris serait marquée par ces mots.

Aris et Pavlina restèrent assis, pétrifiés, n'osant poser leurs yeux nulle part. Une demi-heure passa, atroce, interminable.

Soudain le grésillement du gramophone se fit entendre. C'était un *rebetiko*[1], une mélopée triste et lourde menée par un *bouzouki* et un *baglama*[2]. « *Otan pinis*[3] », lança quelqu'un, content d'avoir reconnu l'air dès ses premières notes. Son mérite n'était pas grand. Toute la Grèce connaissait le refrain.

Aris resta immobile, le regard fixe sur son verre. Pavlina leva la tête. C'était Ghikas, le capitaine, qui s'était levé et attendait, bras écartés, tête baissée, une cigarette à la bouche, que la chanson proprement dite démarre.

La voix âpre et rauque de Sotiria Bellou déchira l'air.

1. Danse d'hommes venant d'Asie Mineure. Le regard du danseur, cloué au sol, exprime la solitude et le désespoir.
2. Petit bouzouki.
3. « Lorsque tu bois. »

Otan pinis stin taverna
Kathesé ke then milas

Lorsque tu bois à la taverne
Tu restes assis sans rien dire
De temps à autre tu soupires
Du fond de ton cœur

Ghikas étendit les bras, fléchit les jambes et se lança dans une suite de mouvements circulaires dont il calquait le rythme sur celui de la musique.

Il tournoyait lentement, dans un sens, puis dans l'autre, les yeux mi-clos. On aurait dit qu'il s'imbibait du chagrin que chantait la Bellou, que ce qu'il cherchait, ce n'était pas de guérir sa tristesse mais de la raviver.

J'aimerais te demander
Quel est le chagrin
Qui t'a rendu mélancolique

Ghikas avait la cinquantaine lourde. Ses mouvements étaient lents, son tournoiement approximatif, ses sauts à peine esquissés. Mais ses gestes embellissaient sa condition d'homme. On partageait la douleur qu'il ressentait à bouger les bras, les jambes, la taille. Il tournoyait avec économie, avec dignité, dansait comme on remonte l'ancre lorsqu'on est vieux et que l'astuce vient au secours de la force, parce que toute une vie on a travaillé sur une barque, à cinquante ans on a le sentiment d'en avoir cent, et on a mal partout…

Chaque couplet de la chanson montait vers le majeur, basculait et se terminait en mode mineur. Le *bouzouki* reprenait alors la ritournelle et revenait en mode majeur, comme pour redonner espoir. Sotiria Bellou entamait le couplet suivant sur la note haute et irrésistiblement le terminait en replongeant dans la mélancolie.

> Peut-être as-tu aimé ?
> As-tu été trompé ?
> Allez, viens t'asseoir avec nous
> On passera un bon moment ensemble.

La musique s'arrêta, on entendit le grésillement du soixante-dix-huit tours durant quelques secondes, puis il y eut le silence. Les conversations reprirent faiblement. Plusieurs tables se vidèrent. Le *rebetiko* terminé, Ghikas retrouva son expression impassible. D'un pas lent, il se rendit à l'intérieur de la taverne, dit quelques mots à Dinos, et prit le chemin d'Analipsi.

Dinos sortit chargé d'un plateau et se dirigea vers la table d'Aris.

— De la part de Ghikas.

Aris ne comprit pas. Il observa Dinos poser la petite bouteille d'ouzo, une fiole d'eau et un verre. Lorsqu'il eut fini de servir, Dinos ajouta :

— Tu vois, tu as des amis.

C'était donc ça. Dinos aurait dit : « Tu as des amis malgré tout », ou : « Tu as des amis même si tu n'es pas un homme », ou encore : « Tu as des amis même si tu es un *pousti*[1] », cela serait revenu au même.

En trois gorgées, Aris vida la petite bouteille qu'il but à même le goulot. Le regard perdu en direction de

1. Pédé.

la mer, Pavlina était atterrée. Elle se dit qu'elle allait revenir à elle, que le cauchemar allait s'évanouir, qu'elle se retrouverait dans son lit, au matin, à sursauter au bruit grossier du réveil qui déchirait son sommeil à cinq heures.

Mais elle était bel et bien sur la digue, chez Dinos. Et c'était la fin du monde. Elle devait réagir, vite, faire quelque chose, avant que le gouffre qui s'ouvrait sous leurs pieds ne les engloutisse.

Aris était un bon menuisier. Dur à la tâche. Il pourrait trouver un emploi au Pirée. Ils n'avaient qu'à vendre le caïque. Maintenant que tous ces touristes venaient sur l'île les mois d'été, le *Dio Adelfia* trouverait preneur. Avec l'argent, ils pourraient louer une chambre. Sûrement qu'il y avait une rue des menuisiers au Pirée.

Elle voulait le consoler. Le prendre dans ses bras. L'embrasser. Le serrer contre elle, lui dire d'oublier tous les Takis et les Yannis du monde. Lui dire combien elle l'aimait. Qu'au Pirée ils pourraient vivre dignes.

— Allons-y, dit Pavlina.

Elle se leva. La digue s'était vidée. Aris ramassa son manuscrit et se leva à son tour, le regard à terre.

A l'intérieur de la taverne, Dinos rangeait la vaisselle dans l'évier. Aris voulut payer sa bière.

— C'est pour moi, fit Dinos.

C'est vraiment la fin, se dit Pavlina.

Dehors, elle saisit le bras de son cousin et le tira en direction du phare. Elle dit :

— Allons chez les Suisses.

Il se laissa faire.

Du sentier qui se faufilait à travers les rochers, les pins et les buissons, ils connaissaient chaque caillou. En dépit de l'obscurité, ils atteignirent le ponton de bois en moins de cinq minutes.

Ils ôtèrent leurs sandales et s'assirent les pieds dans l'eau.

Pavlina éclata en pleurs. Aris l'entoura de son bras.

— Je n'en peux plus, dit Pavlina.

Il ne répondit pas.

Il lui caressa les cheveux. Elle tourna la tête, l'enfouit dans le creux de son épaule et s'affaissa contre lui. Il tomba, le dos sur les planches, et Pavlina se retrouva couchée sur Aris, la tête sur sa poitrine.

Ils ne bougèrent pas durant de longues minutes. Puis elle se déplaça. Avec précaution. Elle remonta la tête vers le visage d'Aris, la posa contre sa joue et se tourna, jusqu'à ce que leurs bouches se touchent. Elle écarta les lèvres. Aris ne bougea pas. Pavlina l'embrassa, puis le caressa, à peine et de façon malhabile. Cela suffit à ce qu'il ait une érection. Elle lui dit : « Fais-moi l'amour », se dégagea de lui, ôta son blouson, son pantalon, ses sous-vêtements. Aris la regarda se défaire sans réagir. A son tour il se laissa dévêtir. Elle voulut se blottir contre lui, mais il la repoussa avec douceur :

— Tu sais bien…

Elle lui caressa le visage.

— Fais-moi l'amour comme à un garçon.

— Personne ne m'aimera jamais comme tu m'aimes.

— Personne, mon Aris. Viens.
— Tu es folle.
— Je t'aime.

Il la fit basculer sur le ventre. Il recueillit dans le creux de la main autant de salive qu'il put en cracher, l'étala sur Pavlina, et la pénétra doucement. Elle sentit une douleur la déchirer, mais n'en laissa paraître qu'un tressaillement.

Elle garda son ventre bien détaché des planches du ponton. Le mouvement d'Aris, d'abord lent et prudent, se fit de plus en plus rapide, plus fort aussi. Puis il se déversa en elle, longuement.

Pavlina se retourna sur le dos, prit Aris dans ses bras et le tint serré contre elle.

Quelques minutes plus tard, elle l'accueillit comme une femme. A nouveau elle eut mal. Elle saignait. Ils restèrent accrochés l'un à l'autre durant un temps très long, sans bouger ni parler.

Aux premières lueurs de l'aube, ils se levèrent. Aris la regarda se rhabiller.

— Je t'aime plus que tout au monde, dit Pavlina.
— Nous sommes fous.
— Vendons le *Dio Adelfia.* Va chercher du travail au Pirée. Je tiendrai ta maison.

Il resta silencieux. Elle se dit : Ma vie se décide.

— Rentre. Nous discuterons au caïque.
— Je t'aime, lui dit Pavlina. Plus que tout au monde.
— Je t'aime aussi, répondit Aris.

— Je t'ai toujours aimé.

— Moi aussi je t'ai toujours aimée.

Puis il ajouta :

— Je vais nager. Prends le texte de ma pièce, je risque de le mouiller.

Il dit « ma pièce », pensa Pavlina. Il est perdu. Moi aussi.

Elle mit ses sandales, se leva, pressa Aris contre ses seins, et lui dit très doucement à l'oreille : « Je t'aime, mon Aris. Plus que tout. » Puis elle remonta la côte en direction du phare.

La mer était plate. Aris plongea, toujours nu. Il émergea une vingtaine de mètres plus loin et se mit à nager en direction du Péloponnèse. Sa brasse était puissante. Dans les reflets du jour naissant, il se coulait, disparaissait, émergeait trois ou quatre mètres plus loin, puis disparaissait à nouveau dans un mouvement d'une élégance silencieuse, laissant l'eau presque intacte.

Il nagea ainsi une heure durant, après quoi ses forces l'abandonnèrent et il se laissa couler.

*

A six heures trente, Pavlina tira sur l'amarre du *Dio Adelfia*, sauta à bord et attendit son cousin.

Vers huit heures, des pêcheurs repérèrent le corps d'Aris à Tigani, sur la côte du Péloponnèse. Il flottait sur le ventre.

V

Mercredi 13 novembre 1957

« Trois femmes, cela ne fait pas deux familles, avait dit Magda à sa belle-sœur le soir de l'enterrement d'Aris. Les repas du soir, nous les prendrons ensemble. » Depuis, Fotini dînait tous les soirs chez Magda. Elle ne montait jamais les mains vides. Ce soir-là, elle avait apporté une purée de fèves.

Les repas se déroulaient presque entièrement dans le silence. Magda n'aimait pas sa belle-sœur. C'était grâce à elle que Fotini avait eu un mariage heureux, pendant qu'elle, Magda, avait dû supporter la dureté de Spiros et ses éclats. La naissance de Pavlina avait tout brouillé. Magda ne savait plus aimer personne, ni son mari, ni sa fille, ni même Nikos. Sa longue pénitence n'avait rien résolu, et son repentir, qu'elle avait cru sincère, s'était limité à la forme. Habitée par la jalousie, hantée par sa faute, Magda était devenue méchante, et les façons charitables qu'elle avait avec Fotini permettaient à cette méchanceté de vivre en paix.

Fotini ne disait jamais rien, et l'on ne pouvait pas savoir si le fait de dîner à trois lui était une charge ou un réconfort. Elle avait été placée en famille à l'âge de sept ans et n'avait jamais cessé d'être, au fond d'elle-même, une sans-logis. Le destin lui avait été doux lorsqu'elle avait épousé Nikos, puis lorsqu'elle avait eu un fils. Mais elle avait perdu l'un et l'autre, et ces arrachements lui paraissaient maintenant naturels. C'était le bonheur des premières années qui l'avait surprise. Face à l'hostilité silencieuse de sa belle-sœur, elle retrouvait un sentiment familier qui l'avait accompagnée durant toute son enfance, celui d'être tolérée.

Elle montait dîner le cœur lourd et Magda se réjouissait de sa tristesse, observant avec plaisir sa belle-sœur se débattre avec ses démons.

Pavlina avait à peine entamé son assiette qu'elle la repoussa, prit son visage entre ses mains et se mit à pleurer en silence. Que faire ? se demanda Pavlina, Sainte Vierge, que faire. Elle avait posé sa cuillère à soupe à côté de son assiette. L'arrondi, dirigé vers le bas, avait sali la nappe.

Magda regarda sa fille, hésita, et finalement ne dit rien. Alors qu'elle détournait les yeux, son regard glissa sur le gilet de Pavlina. Elle le lui avait tricoté début octobre, à peine un mois plus tôt, et se souvint d'avoir compté large. Voilà qu'il tirait sur la poitrine.

— Tu as lavé ton gilet à l'eau chaude ? demanda Magda. Il s'est rétréci.

Pavlina retira ses mains de son visage et regarda sa mère avec résignation.

— Là et là (Magda visa de l'index le sein gauche de sa fille, pointant du doigt d'abord l'aréole, puis le flanc), les mailles tirent. Je me souviens qu'à l'essayage, tu m'avais demandé de le prévoir ample. Tu l'as mis à l'eau chaude ?

Pavlina ne répondit rien, le regard perdu sur son assiette.

— Elle a peut-être grossi, risqua Fotini.

Magda eut un vertige et dut se retenir au rebord de la table. Pas ça, se dit-elle. Sainte Vierge, par miséricorde, pas Aris. Que ce soit n'importe qui, Kosmas, mister Kol. Même Petit Andonis l'abruti. N'importe qui. Pas Aris. Ce serait la fin du monde.

Le pouce, l'index et le médius réunis, elle se signa trois fois, faisant osciller sa main droite du nez à la bouche, puis de la droite à la gauche des lèvres. Elle esquissa à peine le geste, cachant d'une main les minuscules va-et-vient de l'autre.

Elle avait bien remarqué que, depuis trois mois, Pavlina n'avait pas fait sécher de serviette hygiénique à l'étendage. Mais elle avait attribué cette absence de règles au bouleversement causé par la mort d'Aris. Elle constatait soudain que Pavlina avait maigri alors que sa poitrine avait grossi. La Sainte Vierge ne pourrait rien pour elle.

Il fallait que Fotini rentre chez elle. Vite.

— Je vais me coucher, dit Magda. Je suis fatiguée.

Elle se mit à entreposer les assiettes dans l'évier, le regard en coin en direction de sa belle-sœur. Fotini se leva, embrassa Magda et Pavlina, et descendit chez elle.

— Je vais dormir, dit Pavlina.

— Reste, fit Magda.

Pavlina la regarda, l'air désemparée, et reprit place. A nouveau Magda observa son visage et sa poitrine :

— Depuis quand n'as-tu pas eu tes règles ?

*

Elles passèrent leur nuit à pleurer.

Cent fois Magda répéta la même question.

— Qu'est-ce que nous allons devenir ?

A cinq heures, lorsque le réveil retentit dans la chambre de Pavlina, elles étaient encore assises à la table de la cuisine.

— Va dormir, dit Magda. J'irai à l'usine. Je dirai que tu es malade.

*

A six heures moins le quart, Magda quitta la maison, prit un air affairé et marcha aussi vite qu'elle le pouvait, prête à invoquer une course urgente pour couper court à toute discussion.

Elle ne croisa personne jusqu'à Dappia. Devant l'hôtel Poséidon, elle dépassa un groupe de jeunes filles qui se dirigeaient vers l'usine, et les salua d'un « Bonjour » rapide. A l'usine, elle annonça au vigile que Pavlina ne viendrait pas travailler ce jour-là, et peut-être même les suivants.

Au retour, elle croisa Maraki, qui la regarda d'un air ébahi.

— Pavlina est malade, lui dit Magda d'un ton hâtif. Je suis allée avertir l'usine qu'elle ne viendra pas. Elle ajouta, anticipant la question : Rien, rien, accompagnant son geste de la tête d'un plissement de la bouche : il s'agissait d'une peccadille.

Arrivée à Dappia, elle remonta la ruelle du four et se dirigea vers l'église Saint-Spiridon. Le père Kosmas y célébrait l'*orthros*. Magda s'assit au fond de la petite nef et attendit que les trois femmes devant lesquelles Kosmas officiait aient quitté l'église.

Lorsque le prêtre vit que Magda était restée après la fin du service, il s'assura que la porte était bien fermée, s'assit sur l'un des cinq bancs de la nef et, de la main, invita Magda à prendre place à son côté. Puis, le regard dirigé devant lui, il ouvrit ses mains, comme pour l'accueillir :

— Je t'écoute.

— Je veux que tu me reçoives en confession.

— Le Seigneur est là pour te soulager de ton fardeau comme. Il l'a fait dans le passé, Magda. Tu es où il faut que tu sois. Parle, que je puisse t'aider.

— Mon péché va causer la mort d'un être humain.

— Je t'écoute, dit le pope.

*

Magda ne cacha rien à Kosmas. Une demi-heure durant, celui-ci l'écouta sans quitter l'autel du regard. Il ne posa aucune question. Lorsque Magda termina son récit par « *Imarton*[1] », le pope observa un long moment de silence, deux ou trois minutes au cours

1. « Ayez pitié de moi qui ai péché. »

desquelles il soupesa les mérites et les douleurs des chemins qui s'offraient à Pavlina.

— Que le Seigneur nous aide, dit enfin le père Kosmas en se tournant vers Magda. Ma vie de pauvre prêtre en charge de plus pauvres encore m'a montré combien pèse la réalité des choses. Il y a la souffrance, la faim, la solitude... Et surtout, il y a le déshonneur, Magda, une douleur belle et stupide inventée par les hommes, comme si les autres ne leur suffisaient pas... Enfin... Peut-être que tu as raison. Je ne sais pas... Si tu crois que c'est pour le mieux, envoie Pavlina à la clinique Eleimosini[1], au Pirée. Toutes les Spetsiotes savent où elle se trouve. Même si, grâce à Dieu, toutes n'y ont pas été...

— Rien de cela ne doit sortir de ton cœur, mon père.

— Rien n'en sortira, répondit Kosmas. Lorsqu'il y a dix-sept années tu t'es ouverte à moi, t'ai-je trahie ? Il ajouta : Même si la charge de ton secret m'était bien lourde. *Kirie eleison*[2].

Le père se leva. Magda s'inclina, embrassa le dos de sa main droite et quitta l'église.

*

Sur le chemin du retour, Magda pensa au châtiment que Dieu réservait à un frère et une sœur qui avaient procréé ensemble. Elle y trouva le courage de blesser sa fille.

1. « Miséricorde. »
2. « Que le Seigneur nous accorde sa miséricorde. »

— Ton enfant sera un bâtard, dit-elle à Pavlina sans flancher. Il vivra dans la honte. Dans l'humiliation. Dans l'infirmité. Et notre vie à nous, que sera-t-elle ? Ta vie de mère ? Et la mienne ? Il faut que tu te fasses enlever cet enfant !

Pavlina s'attendait à ces mots. Lorsque, début octobre, elle avait été prise de vomissements, elle s'était dit : Rien de plus beau ne pouvait m'arriver. Et rien d'autre ne compte.

Elle regarda sa mère et lui répondit d'une voix posée :

— Je t'aime, maman, tu sais combien... Je n'ai que toi. Mais cet enfant, je l'aime plus que tout.

Plus que toi, plus que ma vie, plus que le reste du monde. Plus, peut-être, que je n'aimais papa. Personne ne touchera mon ventre.

*

Plus tard ce même matin, Magda retourna à l'église Saint-Spiridon.

— Elle refuse, c'est ça ? dit le pope.

— C'est ça.

— Je m'y attendais. Je la connais, ta Pavlina (il esquissa un sourire). Bien sûr, il y a les circonstances...

— Lui révéler la fraternité pourrait la convaincre, tu ne crois pas ?

— Tu ne vas rien lui dire, Magda, dit Kosmas d'un ton sévère. Ça n'apporterait rien.

Kosmas avait été prêtre durant douze ans à Trikala, sa bourgade natale. Plusieurs enfants y avaient été conçus par un frère et une sœur. Tous étaient nés sains et normaux.

— Que le Seigneur soit avec nous, dit Magda.

Elle se signa.

— Il le sera, dit le prêtre.

Il quitta son banc et ajouta :

— Viens chez moi vers cinq heures. Nous aurons le temps de bavarder. D'ici là, je vais réfléchir.

— Merci, mon père, dit Magda.

— Réfléchir et prier, bien sûr, ajouta Kosmas.

*

Durant le reste de la journée, les événements se succédèrent dans la précipitation et le mensonge. Pourtant, ils se déroulèrent comme s'il s'agissait d'une chorégraphie répétée avec soin.

A midi et demi, le prêtre quitta son église et se rendit chez Mihalis, le médecin de l'île. Située sur la route du Vieux-Port, sa maison était une petite bâtisse carrée, sans jardin, construite sur un niveau. Au moment où le prêtre arriva, trois personnes occupaient le salon et une quatrième était en consultation dans la salle à manger, qui faisait office de cabinet. Comme à l'habitude, la porte coulissante qui séparait les deux pièces était entrouverte.

— Je ne soigne pas les ans qui passent, Costa, fit le médecin. A soixante-douze ans, on a mal aux articulations. C'est normal.

Lorsque Mihalis entrevit le pope à travers l'embrasure, il congédia son patient :

— Tu es en parfaite santé, Costa, rentre chez toi.

Puis il fit entrer Kosmas.

— Qu'est-ce qui t'amène ? On ne te voit jamais ici…

Kosmas fit un geste de la tête en direction de la porte. Mihalis la fit glisser avec négligence. Le prêtre se leva et la ferma complètement.

— Que se passe-t-il, demanda le docteur, tu ne te sens pas bien ?

Kosmas laissa passer un instant de silence, puis, d'une voix feutrée, demanda :

— Les gens dont tu m'avais parlé il y a un été ou deux, cette famille d'Athènes...

— Oui. Que leur veux-tu ?

— Est-ce qu'ils sont toujours à la recherche d'un enfant ?

— Je crois bien... Ils me l'ont écrit il n'y a pas quinze jours.

— Ecrit, dis-tu ? Depuis Athènes ? Depuis quand est-ce qu'on écrit d'Athènes à Spetses ?

— Pardonne-moi, je confonds... Ils me l'ont dit lorsqu'ils sont venus fermer leur maison pour l'hiver.

— Docteur, ce n'est pas la curiosité qui m'anime. Je ne veux pas savoir qui ils sont. Mais sache qu'il y aura bientôt un bébé à l'adoption.

Kosmas s'était résolu à cacher la vérité sur la fraternité des parents. La révéler aurait trahi le secret de la confession. Cela aurait aussi mis en péril l'adoption de l'enfant. Magda et sa fille étaient déjà lourdement punies. Fallait-il en plus punir l'enfant ?

Mais le prêtre aurait pu s'interroger. Personne n'écrivait de lettres d'Athènes à Spetses. Et pourquoi chercher un enfant à Spetses lorsqu'on habite Athènes ? Qui étaient ces gens que Mihalis connaissait ? Des Athéniens ? De riches bourgeois de Patras ou de Volos qui préféraient traiter avec un médecin de campagne plutôt qu'avec l'un de ces requins de la capitale ? Des étrangers ? Plutôt des étrangers… Surtout s'ils avaient écrit au médecin…

Après tout, se dit Kosmas, est-ce que cela me regarde ? Et pourquoi ne voudrait-on pas d'un enfant de Spetses ? Les gens y sont sains, et honnêtes plus qu'à Athènes. Mihalis offre une issue rapide à un problème douloureux, c'est un homme fiable.

Alors Kosmas ne chercha pas à en savoir plus.

— La famille y met deux conditions, ajouta le médecin. Qu'on puisse lui garantir l'origine grecque du bébé, et que les antécédents familiaux soient dénués de violence.

A son tour, Mihalis mentait. C'étaient des étrangers qui cherchaient à adopter l'enfant. Mais la loi leur aurait interdit de quitter la Grèce avec un bébé adopté. Il leur fallait la complicité du gynécologue et celle de la clinique, qui déclarerait la naissance du bébé sous le nom de la mère adoptive.

Ainsi chacun mentit, Mihalis pour le bien des parents et Kosmas pour le bien de l'enfant.

— Des gens de qualité, dis-tu ? Tu t'en portes garant ?

— Une magnifique famille chrétienne, répondit le médecin, voilà ce que l'enfant recevra comme cadeau à sa naissance.

— Dieu te protège, dit Kosmas en le quittant.

Le pope parti, le docteur demanda la communication avec le cabinet du docteur Manos, à Athènes. Il l'obtint deux heures plus tard. Son confrère l'assura qu'il était à même d'organiser, dans un délai très bref, l'hébergement et la prise en charge de Pavlina, puis de faire en sorte que la naissance du bébé se fasse en clinique privée sous un nom d'emprunt, celui de la famille étrangère.

— Ces gens ont les moyens, précisa Mihalis à son confrère.

— Tu auras quelque chose en retour.

— Ce n'est pas pour ça que je fais appel à toi, répondit Mihalis.

— Je le sais, sois tranquille. Dès que je trouve une famille d'accueil pour la jeune fille, je te rappelle.

Comme à son habitude, Manos raccrocha sans saluer. A la fois admiré et redouté pour ses subterfuges fumants, il avait décidé un jour que sa réputation le libérait des contraintes de la politesse.

Peu après huit heures du soir, Mihalis reçut de son confrère la confirmation qu'il attendait. Il se rendit immédiatement chez Kosmas.

— Tout est arrangé, dit Mihalis au prêtre. Pavlina ira habiter chez deux sœurs, les Papazoglou, des vieilles filles avec lesquelles mon confrère a déjà travaillé. Elles sont couturières l'une et l'autre et habitent au Vieux-Phalère. Pavlina doit prendre le *Neraïda*[1] d'après-demain. *Aydé* [2], bonsoir.

— Que Dieu soit avec toi, lui répondit Kosmas.

*

Dappia était noire et vide. Les chats étaient tous à l'abri, et les quelques chiens qui rôdaient autour de chez Stamboulidis tenaient profil bas. Sous l'effet de la pluie qui s'abattait par rafales, des rigoles d'eau se faisaient et défaisaient à toute vitesse le long de ses rues terreuses. Elles labouraient un lit, le quittaient, en creusaient un autre, puis un autre encore. Pour finir, leurs sillons marquaient la rue sur toute sa largeur.

Alors qu'il traversait le village, mouillé jusqu'à la peau, Kosmas avait le cœur gonflé de reconnaissance. Il était certain que la solitude noire qui entourait Dappia était l'expression d'une volonté divine, et que lui, pauvre pope à peine lettré qui avait quitté l'école à l'âge de douze ans, était au cœur d'un mystère. Sa vie, qui jusque-là s'était bornée à soulager les petits péchés du quotidien, ressemblait maintenant à celle d'un saint homme. Le drame qu'il lui incombait d'affronter était la récompense inespérée de son obéissance au Seigneur. Une faveur divine le chargeait d'une mission sacrée : s'assurer que naisse et vive l'Enfant issu du plus grand des amours, celui du frère et de la sœur. Kosmas participait au commencement du monde. Sa nouvelle tâche l'emplissait d'une fierté immense, et cette fierté faisait de lui un homme serein, sûr, enfin,

1. Nom du bateau de ligne qui reliait Spetses au Pirée.
2. Expression d'origine turque : « allons ».

du chemin qu'il s'était choisi. Lorsqu'il lui était arrivé si souvent de douter face à toutes les misères auxquelles il devait répondre au nom du Seigneur, il se rassurait toujours en se disant que ce doute était naturel, qu'il était peut-être indispensable. Ce n'est pas facile, ce que Tu me demandes, Seigneur, disait-il presque chaque jour dans l'une ou l'autre de ses prières.

Les choses lui apparaissaient maintenant sous une autre lumière, et soudain Kosmas se sentit infiniment coupable d'avoir douté. Il se jura de dire chaque jour au Seigneur sa gratitude pour les tristesses qu'Il mettrait sur son chemin et lui demanderait d'adoucir. Car comment s'approcher de Toi, Fils de Dieu, sinon en choisissant un chemin rude, pentu, un sentier où la terre s'effrite à chaque pas, où sans cesse je cours le risque de reculer, de glisser vers le tout-en-bas sans pouvoir m'arrêter ? Avec quelles forces puis-je tendre vers Toi, mon Dieu, si ce n'est celles du désespoir ?

Maintenant il était sûr. Vraiment sûr. Et s'il devait à nouveau, par malheur, être effleuré par le doute, il penserait à cette traversée de Dappia noire et imbibée de pluie, au cours de laquelle la confiance du Seigneur lui était apparue dans toute son éclatante beauté.

Il lui fallait mener sa tâche à bien. Une riche famille d'Athènes. Voilà ce qu'il dirait à Magda. Il oublierait le reste. Si elle lui demandait : « Quelle famille ? », il dirait qu'il n'en savait rien. Et il n'en savait rien. Ni ne voulait savoir. Elles étaient bien trente ou quarante à avoir de belles demeures sur l'île. Il aurait pu faire le tri. Mais il était aussi possible que l'une ou l'autre d'entre elles cherche un enfant pour un frère ou un cousin. En plus, il les connaissait à peine, nettement moins bien, et de loin, qu'Ilias l'électricien ou Yorgos le plombier. Eux étaient sans cesse fourrés chez eux. Ces riches ! Ils savaient toujours tout. En plus, ils la dédaignaient, sa misérable église de Saint-Spiridon. Ils réglaient leur problème de foi dans des lieux bien plus rutilants… Des églises conformes à leur rang et à leur argent, dont ils parlaient sans vergogne…

Voilà que déjà je m'éloigne de la pensée du Christ, se reprocha Kosmas, et il passa les deux ou trois minutes qui le séparaient de la maison des Louganis à prier le Seigneur de l'aider à trouver les mots justes.

*

Magda et Pavlina étaient debout l'une près de l'autre, dans la cuisine, se tenant par la main, et le prêtre, debout lui aussi, se demandait s'il ne lui fallait pas tout dire très vite, comme : « Après-demain tu pars, parce que telle est la voie que nous indique le Seigneur », ou s'il lui fallait s'asseoir à la table de la cuisine, expliquer, rassurer, convaincre.

Pavlina aida le prêtre à se défaire de son manteau et l'accrocha à la patère. C'était un manteau lourd et usé, imbibé d'humanité misérable, et qui sentait mauvais.

Le pope s'assit, refusa l'offre d'un café et dit :

— Regarde-moi, Pavlina. Pose tes mains sur la table.

Elle obéit et Kosmas lui couvrit les deux mains des siennes, comme s'il voulait les cacher. Lorsque son regard rencontra celui de la jeune fille, il le soutint aussi intensément qu'il put, conscient qu'à cet instant il vivait le moment le plus important de toute sa vie de prêtre. S'il était là, c'était parce que le Seigneur voulait qu'il accueille l'Enfant, le fruit du plus grand amour, celui d'un homme et d'une femme qui s'étaient aimés comme seulement on pouvait s'aimer au premier jour de l'humanité. Pavlina ne devait à aucun instant douter que ce qu'il lui disait était la volonté du Seigneur.

— Ta mère veut que tu te libères de ton fardeau.

— Ce n'est pas un fardeau, répondit posément Pavlina.

— Je comprends, je comprends, reprit Kosmas. Pour toi, maintenant, ce n'est pas un fardeau. C'est une joie. Mais lorsque ton enfant sera confronté au monde des humains, on lui fera payer le prix de sa différence. Alors ta joie se transformera en douleur. Sache cela, Pavlina ! En douleur immense ! Sais-tu ce qui va te faire souffrir ? Tu vas te sentir coupable. Tu le sais, bien sûr. Coupable de ne pas avoir su le protéger. De l'avoir mis sur la route de la vie chargé d'une faiblesse dont tu t'imputeras la faute. Coupable d'avoir pensé à toi avant de penser à lui.

Il était arrivé au terme de ce qu'il avait à dire. De toutes ses forces, il espérait avoir mené à bien sa tâche sacrée…

Mais Pavlina resta muette, et Kosmas perdit pied.

— Ton père, ton oncle, ton cousin, tous morts par la mer ! Partis dans la violence ! Vous voilà trois femmes seules, ta mère, ta tante, toi… Il faut briser cette malédiction !

— Mon enfant n'est pas une malédiction, dit Pavlina d'une voix calme. Mon enfant est mon plus grand bonheur.

— Bien sûr, bien sûr, dit le prêtre d'une voix plus sereine. Mais alors aide-le à vivre ce bonheur ! Mihalis a trouvé une maison où t'héberger, au Vieux-Phalère. Quand ton enfant naîtra, une famille d'Athènes, très riche, je le sais, l'accueillera et lui donnera tout ce que la mère d'un enfant pourrait souhaiter pour son plus grand bien. Elle lui donnera un nom ! Tu entends, Pavlina ? Un nom !

— Ecoute le père, intervint Magda. Il a raison. Nous dirons que tu es allée soigner tes nerfs. Chacun comprendra et tout rentrera dans l'ordre. Tu pourras reprendre ta vie, créer une famille, avec l'aide du Seigneur.

— Je suis fatiguée, dit Pavlina.

Elle retira ses mains de celles de Kosmas, y enfouit son visage, et pleura en silence.

Magda se souvint.

*

Combien d'étés avaient été aussi chauds que celui de 1939 ? Le pays était en détresse. Sur l'île, les habitants manquaient de tout. Ils maigrissaient plus qu'ils ne pensaient jamais pouvoir maigrir, et n'avaient d'autre choix que de travailler plus durement encore, qui à terre, qui en mer.

Fotini se démenait au Pirée depuis deux jours à la recherche de cordes, d'un filet de pêche, de clous et de rivets. Elle avait pris Aris avec elle.

Ce 16 août, Spiros et Nikos étaient revenus des champs luisants de sueur, la camisole trempée, le cheveu mouillé. Spiros avait le visage écarlate. Les frères étaient passés par la maison avant de partir en mer, le temps d'avaler un bol de fèves. Leur six-mètres n'avait pas de bâche, et ils étaient restés quatre heures durant sous le soleil à poser leurs filets. Au retour vers dix heures du soir, Spiros brûlait de fièvre. Il chancelait, et son frère dut l'aider à monter les marches de l'escalier qui menait au premier.

— Je te le laisse, dit Nikos.

— Merci, répondit Magda.

— Si tu as besoin…, ajouta Nikos.

Elle ne répondit pas. Elle étendit son mari sur le lit, le déshabilla et lui donna ce qui leur restait de quinine.

Vers onze heures, la quinine n'eut plus d'effet. Spiros se mit à délirer. A minuit, il délirait encore. Magda mit sa robe de chambre et descendit demander de la quinine à Fotini. A l'instant où elle tapa à la porte du rez-de-chaussée, elle se souvint que sa belle-sœur était absente, eut un mouvement de recul et s'apprêta à faire demi-tour lorsqu'elle perçut un murmure venant de l'intérieur. Croyant que Nikos l'invitait à entrer, elle poussa la porte. La maison était obscure. Magda resta immobile. Dès que ses yeux se furent accoutumés au noir, elle observa un mouvement dans la chambre de Nikos et Fotini, dont la porte était ouverte. C'était un déplacement furtif de petite ampleur, accompagné d'un halètement. D'abord elle ne comprit pas de quoi il s'agissait. Puis elle crut défaillir.

Etendu sur son lit, entièrement nu, Nikos se masturbait. Dès qu'il prit conscience d'une présence, il cessa son mouvement, tourna la tête vers Magda, la reconnut et la fixa du regard.

Magda se sentit inondée d'un coup. Ses paumes étaient moites. Son dos, ses aisselles, ses cuisses étaient mouillés. Nikos continuait de la regarder. Un vertige la secoua. Elle chancela. Nikos lui tendit une main qu'elle agrippa. Elle resta quelques secondes en équilibre précaire. Puis elle lâcha la main, s'approcha du lit, retroussa d'un même geste sa chemise de nuit et sa robe de chambre, et s'assit sur le ventre de Nikos.

*

— Je vous laisse, Magda et Pavlina, dit Kosmas. C'est le temps des larmes. Il faut savoir l'accueillir. C'est bien, et même c'est juste. Passez une nuit paisible. Que demain vous apporte à l'une et à l'autre l'apaisement et la force.

*

Le lendemain matin, Pavlina attendit que sa mère soit partie pour l'*orthros*, s'habilla en silence et quitta la maison.

La rue du bord de mer ruisselait encore des trombes de la veille, mais la pluie avait cessé, et le ciel était violet, presque lilas.

Le ponton des Suisses était imbibé de mer. Pavlina s'étendit sur le ventre, les bras en croix, la bouche pressée contre le bois du ponton. Elle resta ainsi immobile de longues minutes. Puis elle s'assit, les yeux secs, le regard fixé vers la baie de Tigani, où Aris avait été repêché trois mois plus tôt. Elle dit à haute voix :

— Vers quels yeux ira le premier sourire de notre enfant, mon Aris ? Qui boira ses premières larmes ? Qui le serrera contre son sein ? Qui le consolera ? Qui l'aimera ? Dis-le-moi, mon Aris.

Puis elle se leva et reprit le chemin d'Ayos Nikolas.

ATHENES

VI

Dimanche 17 novembre 1957

Pavlina repéra les sœurs Papazoglou au premier coup d'œil. Elles se donnaient le bras, emmitouflées chacune dans un manteau noir de bonne coupe.

Dix ans les séparaient, mais elles auraient pu passer pour jumelles. Elles étaient toutes deux petites, minces, et mates de peau. Leurs cheveux encadraient un visage aux traits durs mais réguliers. De leurs yeux noirs et effilés perçait un regard pointu et soupçonneux. Elles observaient les passagers du *Neraïda* comme si elles s'apprêtaient à identifier un malfaiteur.

Elles reconnurent Pavlina tout de suite.

— Nous sommes les demoiselles Papazoglou, je suis Stella, dit la plus âgée.

Sa chevelure, clairsemée de fils blancs, donnait à son visage une élégance sévère.

— Bonjour, je suis Despina, la cadette.

Elle émit un rire gêné.

— *Yassas, kiria Stella. Yassas, kiria Despina.*

Dans l'autobus qui les mena du Pirée au Vieux-Phalère, Stella fut la seule à parler. Despina, qui se contentait de hocher la tête ou d'approuver par monosyllabes, regardait Pavlina par coups d'œil furtifs, comme si elle craignait que sa sœur ne lui reproche une bienveillance déplacée.

Pavlina aurait pu être ébahie par la ville. Sur l'île on ne voyait que des calèches. Les autobus et les voitures, les rangées d'immeubles, les nuées de passants, tout était nouveau pour elle. Mais elle n'éprouvait de curiosité pour rien.

Ne pas se disperser. Concentrer ses forces. Fabriquer le plus beau, le plus fort, le meilleur bébé du monde. Un bébé extraordinaire, que chacun ne pourrait qu'admirer. Voilà ce qui comptait. Tout le reste était superflu.

Stella voulait absolument raconter. Pavlina l'écouta décrire par le détail comment elle partageait ses six jours de travail entre les trois hôtels où elle avait charge des travaux de couture. Despina était retoucheuse aux ateliers du Théâtre national. Elle y travaillait depuis quinze ans, gagnait moins que Stella, mais la place était garantie à vie. Bien sûr, les acteurs avaient leurs caprices, mais c'étaient des artistes, Despina les comprenait, elle donnait suite à leurs exigences de tout son cœur, mais aussi de tout son savoir-faire. Elle connaissait le métier… Et puis Despina pouvait assister aux spectacles, côtoyer les vedettes qui venaient voir leurs collègues sur scène, leur parler… « C'est une place en or », conclut-elle.

De Smyrne où les sœurs étaient nées, le père Papazoglou avait longtemps fait commerce avec Athènes, exportant tout ce que l'Asie Mineure offrait en abondance et dont les Grecs étaient friands : noisettes et amandes, raisins secs et figues, huile d'olive et feuilles de laurier. En 1920, pressentant les événements, il avait transféré son affaire au Pirée, important à bon compte ce que jusque-là il exportait. Cela lui avait évité la ruine. Il avait trouvé une maison au Vieux-Phalère, un quartier bourgeois du bord de mer qui lui rappelait l'Asie Mineure. « Nous habitons un des meilleurs quartiers d'Athènes », affirma Stetlla.

Arrivées chez elles, les sœurs se précipitèrent au sous-sol.

— On a hésité à te mettre au premier, dans la chambre de notre mère, dit Stella d'un air cauteleux. Puis on a pensé qu'ici, tu serais plus tranquille. Tu sais, nous sommes deux vieilles filles, nous t'aurions dérangée… Je te laisse avec Despina, elle va t'aider.

Située entre la cave et la buanderie, la chambre de service était une pièce semi-enterrée d'à peine deux mètres sur trois. Un lit en fer, large comme celui d'un enfant, une chaise qui faisait office de commode et une minuscule armoire constituaient tout l'ameublement. Le sol était de linoléum vert clair, et les murs, peints en beige, étaient nus à l'exception d'une page de magazine punaisée au-dessus du lit, qui représentait un Christ sur la croix.

Pavlina prit acte de la chambre. Son bébé. Son ventre. Le reste ne comptait pas.

Elle posa sa valise sur le lit et entreprit de ranger ses affaires.

— Tu le sais, n'est-ce pas, que nous ne le faisons pas pour l'argent ? lui demanda Despina.

— Je ne sais rien. Je vous remercie de m'accueillir.

Despina se mit à commenter les habits que Pavlina sortait de sa valise et rangeait sur les rayonnages de la petite armoire.

— Tu sais, la fille qui était ici avant toi, quand elle est partie, avec les chutes de tissu, elle s'était fait un véritable trousseau.

Despina avait utilisé le mot *prika*, qui voulait aussi bien dire trousseau que dot.

Pavlina ne répondit pas. Après qu'elle eut rangé ses effets, il restait au fond de la valise une petite liasse de papiers, une cinquantaine de feuillets tapés à la machine sur un papier rose clair, presque transparent. Les feuillets étaient agrafés à leur bord supérieur gauche. A regarder la première page, on pouvait deviner le texte tapé sur la suivante. Sur la page de garde, au-dessous du titre dactylographié, *Ulysse le Vaniteux*, une main avait ajouté au crayon, d'une écriture malhabile : TELEMAQUE.

Despina regarda Pavlina d'un air incrédule.

— D'où as-tu ça ?

Elle fit un geste de la main vers la liasse, mais Pavlina la devança, et d'un mouvement rapide glissa le document dans l'armoire, sous ses vêtements. Despina insista :

— C'est drôle que tu aies ce texte... Est-ce que tu connaîtrais Takis, par hasard ?

Elle observa Pavlina, puis se mit à sourire légèrement, avant de reprendre :

— Mais je suis bête ! Bien sûr ! Takis a une maison à Spetses. C'est de là que tu tiens le texte, n'est-ce pas ?

— C'est ça, dit Pavlina d'un air froid.

Despina regarda le ventre de Pavlina et s'exclama :

— Ce n'est quand même pas...

Pavlina baissa les yeux.

— Pardonne-moi, dit Despina dans la seconde qui suivait. Je suis indiscrète, je t'ai fait de la peine.

Pavlina ne répondit pas.

— Tu sais, reprit Despina, Takis, je le croise tous les jours au théâtre. Je le connais depuis des années, je connais ses goûts...

— Et alors ? Tu crois qu'un garçon qui aime les garçons ne peut pas aimer les filles ?

— Bien sûr que non, rétorqua Despina, qu'est-ce que tu racontes ?

— Rien. Le père de mon enfant n'est pas Takis. C'est tout.

Pavlina laissa passer quelques secondes.

— Ils ont joué la pièce ?

— Elle a eu un succès fou, s'exclama Despina, contente que Pavlina renoue la conversation. Six semaines complet tous les soirs ! Elle sera reprise en février. Nous pourrons y aller, si tu veux. Des places, il me suffit d'en demander. L'une des filles de *kiria* Katina, la patronne de l'hôtel Lido, c'est Vasso Manolidou. Tu le savais ?

Pavlina eut une moue qui voulait dire : Qui est-ce ?

— Vasso Manolidou ! La grande tragédienne ! Du Théâtre national ! Ça ne te dit rien ?

— Rien, laissa tomber Pavlina d'un air indifférent.

— Tu vas la connaître, c'est une grande vedette !

Pavlina ne répondit pas.

— Je viendrai te chercher quand le dîner sera prêt, dit Despina, d'un air pincé.

Elle quitta la chambre et Pavlina s'étendit sur le petit lit en fer.

C'étaient Ghikas et sa femme Eleftheria qui étaient venus au *Dio Adelfia* lui annoncer la mort d'Aris.

— *Yassas, Kapetanie,* avait lancé Pavlina depuis le caïque. Vous avez vu Aris ?

Du bord de la digue, Ghikas avait tiré sur l'amarre. Lorsque le *Dio Adelfia* avait buté sur le caoutchouc de protection, il avait aidé sa femme à escalader le caïque, puis avait sauté à son tour. Mais pourquoi est-ce qu'Eleftheria est ici ? Et pourquoi sont-ils en larmes ? Debout à la proue, Pavlina s'était mise à trembler, la main sur la bouche. Ghikas s'était approché d'elle et l'avait prise dans ses bras.

— Aris a eu un accident, ma Pavlina.

Elle s'était évanouie. Ils l'avaient couchée sur le banc tribord.

L'enterrement avait eu lieu le soir même. Posé sur une civière devant l'autel, le corps d'Aris était violacé et boursouflé. Il avait été habillé d'un pantalon trop court et d'un maillot bleu nuit. Un bandeau de coton blanc entourait le sommet de son crâne et lui retenait la mâchoire inférieure.

Takis n'est pas là et tant mieux, s'était dit Pavlina. Takis n'a pas aimé Aris. Il s'est vidé en lui. Aris était beau. Il donnait envie de se vider en lui aux hommes qui aiment se vider en un homme. Takis ne méritait pas Aris.

Ghikas était assis à côté de Magda. A l'autre extrémité du banc, sa femme entourait de son bras les épaules de Fotini. Derrière eux, Thanassis et Yannis sanglotaient bruyamment, incapables de se ressaisir.

*

Elle devait garder ses forces. Ne se laisser abattre par rien. N'autoriser aucun souvenir à l'attrister. Ne se laisser envahir par aucun découragement. Sa vie avait un propos. Chaque parcelle de force, de chair, chaque muscle, chaque pensée, tout en elle devait tendre vers ce but. Avant d'abandonner le fruit de ses entrailles. De le laisser à d'autres qui sauraient mieux. Elle devait mettre au monde le meilleur enfant qu'elle pouvait. Son devoir le plus élémentaire, avant cet acte de lâcheté, était de tout faire pour que cet enfant soit le plus fort, le plus grand, le plus féroce, le plus rusé. Le plus attachant. Pour qu'on l'aime. Pour qu'on l'admire comme son papa l'admirait… Il suffisait qu'il dise : « Ma fille Pavlina… » et rien ne lui semblait impossible.

Que toutes les chances de réussite, de bonheur, de gloire, oui, de gloire, soient avec toi, mon enfant adoré que je ne suis pas capable d'élever.

Peut-être qu'ainsi elle serait un jour pardonnée.

Car par miracle ils pourraient se croiser… Dans cinq ans, dans vingt-cinq ans… Qui pouvait affirmer le contraire ?

L'enfant serait un garçon. Elle en eut soudain la conviction. Beau. Fort. Comme son père. Un Aris beau et fort et instruit. Un garçon exceptionnel. Puis d'un coup elle fut certaine que l'enfant serait une fille, magnifique, avec des seins légers comme ceux de Maraki, et des yeux bleu très clair comme les siens. Et l'enfant, Andriana, devenue une belle jeune femme, lui dirait : Tu sais, maman, si tu m'as abandonnée, tu n'as pas à avoir de remords. Grâce à toi j'ai été aimée, soignée. Si j'ai eu l'estime de ces gens qui m'ont accueillie, c'est parce que tu m'as faite forte et jolie. Et vive et gaie. Les gens aiment que les leurs soient ainsi faits. Ils les aiment mieux. Pas plus. Mieux. A l'amour ils ajoutent l'estime. L'amour qui admire, maman… Il donne une force, il donne des ailes. Je te les dois, ces ailes, maman. Parce que de toutes tes forces tu as fabriqué un enfant qu'on a eu plaisir à aimer.

Peut-être qu'un jour sa fille lui parlerait ainsi.

Qu'on l'admire comme m'admirait mon père, se dit Pavlina.

Le premier coup tapé à sa porte la fit sortir de son assoupissement. C'était Stella qui venait la chercher.

— Le soir, on mange à neuf heures.

— Je n'ai pas faim, merci, répondit Pavlina. Je préfère me reposer.

— Monte quand même et assieds-toi avec nous, on va faire connaissance.

Cela ne lui coûtait pas de monter. Elle était ailleurs. Etrangère. Dissociée de ce qui se passait autour d'elle. Ses forces allaient vers son ventre. Elle n'était que son ventre. Elle ne voulait être rien d'autre.

— J'arrive, dit Pavlina.

C'était comme si elle envoyait quelqu'un à sa place.

Les deux sœurs l'attendaient au salon, une pièce mal éclairée, encombrée de meubles lourds et trop nombreux.

Un couple était assis en leur compagnie.

— J'ai demandé à nos amis Lazaridis de dîner avec nous, dit Stella. Comme ça tu commenceras à faire connaissance avec notre petit monde du Phalère. Voilà, je te présente Mme Chrissoula et M. Pavlos.

Pavlina tendit la main aux invités et s'assit sur l'un des deux canapés, à côté de Despina. Mari et femme la dévisageaient en souriant. Une ou deux fois ils prirent leur respiration, observèrent un temps d'arrêt, et finalement n'osèrent rien dire.

Pavlina se dit que la femme avait dû être splendide. A l'approche de la cinquantaine, elle était forte de poitrine et de ventre, mais gardait un port de tête magnifique. Son nez, un peu trop long, était fin sur l'arête et délicatement ourlé aux narines. Il donnait à son visage un air de noblesse. La bouche était grande et très belle, peut-être un peu mince, mais cela ajoutait à sa distinction. Les cheveux, blond vénitien, étaient coiffés en hauteur, à la mode des stars de Hollywood.

— Chrissoula tient l'épicerie à l'angle des rues Zaïmi et Achilles. C'est notre épicière adorée, dit Stella. Pavlos est chef concierge de l'hôtel Lido, au bas de Zaïmi, sur le bord de mer.

— Quel chef concierge ? s'exclama Pavlos en riant fort. Concierge tout court ! Tu en connais d'autres ?

— Il y a le gardien de nuit, fit Stella d'un air vexé.

Chrissoula souriait en regardant son mari. C'était un homme haut de taille et corpulent, mais l'impression de forte présence était fugace. Ses traits étaient de ceux sur lesquels les regards glissent sans pouvoir s'y accrocher, et l'on ne retenait de son visage qu'une paire de lunettes à monture épaisse.

Pavlina s'était à peine assise que Stella se leva et se mit à commander.

— Allez, on passe à côté. Despina, sors le ragoût de *htapodi*[1].

Au moment où Pavlos quitta le canapé, Pavlina remarqua qu'il traînait légèrement la jambe gauche.

La salle à manger était aussi sombre que le salon, éclairée seulement d'une vasque suspendue, en albâtre. La table était dressée selon les règles de la grande bourgeoisie grecque de Turquie, avec nappe en coton crocheté et service en argent. Les serviettes de table étaient amidonnées.

Sitôt qu'ils furent à la salle à manger, Stella poursuivit ses instructions :

1. Poulpe.

— Viens Chrissoula, mets-toi ici, à côté de Pavlina, moi je me mets en bout de table, c'est plus pratique. Tu aimes le ragoût de *htapodi* aux tomates et aux oignons, Pavlina ? Pavlos, viens t'asseoir face à ta Chrissoula, c'est vrai que nous avons deux Paul à table ce soir ! Asseyez-vous tous, je vais chercher le gratin de pâtes, tu les as aimées l'autre fois, Chrissoula, tu t'en souviens ?

— Et après je ne peux pas mettre mes robes, répondit Chrissoula. Quand on a trop de poitrine, on doit faire plus attention.

Elle prononça ces mots alors qu'elle s'était légèrement tournée vers Pavlina, de façon à ne pas la gêner en rapprochant sa chaise de la table. Son regard tomba sur les seins de la jeune fille. Elle s'en détourna aussi vite qu'elle put, mais ses yeux croisèrent ceux de Pavlina.

— Même avant d'être enceinte, j'avais une grosse poitrine, dit Pavlina en regardant Chrissoula. Maintenant que j'attends un enfant…

— Je sais, *poulakimou*[1].

D'un coup, les yeux de Chrissoula étaient embués. Elle ajouta :

— Je te souhaite tout le meilleur du monde.

Il y avait dans son regard la même douceur qu'elle avait eue un instant plus tôt à l'égard de son mari.

— Je vous remercie, madame Chrissoula, répondit Pavlina.

Dès cet instant, elle allait aimer Chrissoula pour toujours. Stella entreprit de servir chacun.

1. Littéralement : « mon petit oiseau ». Expression affectueuse courante.

— Ne faites pas attention aux verres, dit-elle. Ceux de mes parents étaient en cristal de France. Ils se sont brisés au cours du déménagement de Smyrne.

Chrissoula chercha le regard de Pavlina et lui glissa :

— Tu seras bien avec Stella et Despina. Tu verras.

— Elle aime le théâtre. Nous irons au théâtre souvent, si tu veux, renchérit Despina.

— Si elle n'est pas trop fatiguée, intervint Stella. Tu sais quel travail t'attend ?

— Il y a six ans que je travaille comme couturière chez Mme Maritsa, dit Pavlina.

— Je sais, je sais… J'imagine que vous faisiez des robes, du linge de maison, de l'ameublement… ?

— Oui, un peu de tout. Des robes pour les baptêmes ou les mariages, ou des robes simples pour le travail, des chasubles, des cotonnades…

— Pas de linge de maison ?

— Là aussi un peu de tout. Des nappes ornées de dentelle ou de broderies pour les clientes riches, des taies d'oreiller avec volants, des dessus-de-lit plissés, et puis des nappes en simple coton pour le collège des garçons, des draps en *basses*[1], des choses de tous les jours.

— Ici, dit Stella, on ne fait que des choses simples. C'est peu payé et il faut travailler vite.

— J'aime le travail, dit Pavlina.

— Demain, c'est mercredi, on va au Carlton. Tous les mercredis et jeudis, on va à l'hôtel Carlton. C'est au Phalère, mais de l'autre côté de Flisvos, en remontant vers Athènes. Vendredi samedi, on va au Lido, là où travaille M. Pavlos. Lundi mardi, c'est les jours

1. Coton tissé à la main, à domicile.

de l'Omonia, le grand hôtel de la place Omonia, en pleine ville. Le travail est le même partout. On s'occupe de tout le linge. Rien de raffiné, beaucoup de raccommodages, des draps qui ont lâché, des nappes trouées, des oreillers déchirés, des linges de bain usés qu'il faut rattraper, des boutons à remplacer, ce genre de choses. Et puis, plus rarement, du linge neuf, mais toujours des choses simples : des draps de coton, des taies d'oreiller, mais sans volant, avec simple boutonnière, tu vois ? Chacun des trois hôtels a un restaurant, et presque tous les clients sont en pension complète, alors il y a aussi les nappes, les serviettes...

— Je n'ai pas peur du travail.

Elle avait dit ces mots d'un ton brusque. Elle voulait mettre un terme à la tirade de Stella. Penser à l'essentiel. A son ventre.

Que serai-je après ? Une folle qui se retournera sur chaque enfant qui pourrait avoir l'âge du sien, le scrutera et du regard lui demandera : Est-ce que c'est toi ?

VII

Samedi 8 février 1958

Depuis une dizaine de jours, c'était la règle. Vers cinq heures du matin, deux ou trois petits coups au ventre sortaient Pavlina de son sommeil. Elle se mettait alors sur le dos, retroussait sa chemise de nuit jusqu'au-dessous de la poitrine, posait les mains sur son ventre et attendait les battements qui ne manquaient pas de suivre. Chaque jour qui passait la rapprochait de la séparation, et l'inexorabilité de l'issue l'oppressait. Elle aurait aimé rester enceinte pour toujours.

Ce samedi matin, elle resta ainsi étendue plus d'une heure, l'esprit vagabond. Elle se vit alitée en clinique, juste après avoir accouché. L'enfant était un garçon, joufflu et chevelu. Deux infirmières lui donnaient son premier bain. Tout à coup, elle était saisie de douleurs. Elle accouchait à nouveau, cette fois-ci d'un enfant mort-né. Puis d'un autre, vivant celui-ci, mais sec et rabougri. Puis d'un autre encore, déjà propre et habillé, chic comme un prince. Il lui souriait, les bras tendus. Un instant plus tard, elle le voyait à trois ans. Puis il en avait huit. Puis douze, puis cinq. Maintenant, il était habillé en costume de marin. Il se mit à parler avec assurance, et en quelques secondes se transforma en un enfant fade et gras. Pavlina s'efforça de modifier ses traits, de façon à les faire coïncider avec ceux d'Aris. En vain. D'un coup le petit garçon était beau à nouveau, impeccablement coiffé, lavé, lustré, un enfant de la bourgeoisie athénienne, souriant et en pleine santé.

Soudain c'est une fillette, menue, avec des yeux bleu clair, presque blancs, et les cheveux coiffés en une natte épaisse. La ressemblance avec elle est si grande que, lorsque Pavlina essaie d'imaginer l'enfant porter une robe, elle n'y arrive pas. Elle la voit sauter d'un caïque, nouer des cordages, nager.

Maintenant l'enfant – elle ne voit plus si c'est un garçon ou une fille – caresse un sein beau et lourd, à l'aréole étalée, très claire. L'enfant pose sa main droite sur son flanc extérieur et prend le téton en bouche.

Pavlina ressentit une morsure au sein, sursauta et quitta sa rêverie dans un état de fatigue immense. Elle resta étendue, les yeux clos, et s'efforça de penser au travail qui l'attendait. C'était samedi, l'un des deux jours de la semaine où avec Stella elles allaient au Lido. La veille, *kiria Katina*, la propriétaire de l'hôtel, avait annoncé que les lits des chambres avec bain et vue sur la mer (il y en avait une dizaine, deux par étage) seraient ornés de cache-sommiers à coins plissés. Il s'agissait d'un travail compliqué. Pavlina se dit qu'il lui occuperait l'esprit.

*

A huit heures et demie, Stella et Pavlina poussèrent la grande porte vitrée du Lido. D'un coup d'œil à sa montre, *kiria* Katina vit qu'elles étaient à l'heure, ce qui eut pour effet de l'irriter. Elle aurait eu plaisir à les rabrouer.

Selon son habitude, *kiria* Katina occupait le canapé gris souris disposé au milieu du hall d'entrée. Adossé à rien, le meuble créait une impression de flottement. *Kiria* Katina ne le quittait presque jamais, si ce n'est au moment des repas, qu'elle prenait en cuisine avec le personnel, ou tard le soir, lorsqu'elle montait se coucher. Du matin jusque très tard, clients et employés la trouvaient assise à l'entrée de l'hôtel, toujours en robe noire et vieilles pantoufles, insoucieuse de son paraître, les cheveux gris à peine coiffés et la main droite recouvrant de façon permanente un énorme trousseau de clés posé sur le canapé. Il y en avait une quarantaine : celles de l'entrée, des cuisines, du garde-manger, des passe-partout pour les chambres, les clés de la lingerie et de l'économat, en un mot, toutes les clés de l'hôtel qui était en permanence sous le contrôle absolu de *kiria* Katina, inaccessible à ses employés si ce n'était avec son assentiment réticent et soupçonneux.

Lorsqu'il aperçut Stella et Pavlina passer la porte d'entrée, Pavlos quitta son comptoir, s'approcha du canapé de sa patronne en traînant la jambe et attendit les deux couturières en souriant de façon marquée, comme s'il s'apprêtait à les féliciter de quelque exploit. Ce manège avait un motif bienveillant. Le concierge savait que *kiria* Katina était acariâtre avec les femmes. Pavlos jouait de son statut de préféré pour qu'elle accueille les deux couturières avec un rien de courtoisie, ou du moins sans mot blessant.

Il aida sa patronne à se lever, et la vieille dame embrassa les deux femmes. Elle le fit de mauvaise grâce, par nature, mais aussi parce qu'elle était affligée d'une grosse verrue placée à gauche de sa bouche, juste au-dessus de la commissure des lèvres, et savait qu'au moment des accolades, cette disgrâce la rendait repoussante.

Elle n'eut pas un mot de bienvenue :

— On vous a préparé ce qu'il faut pour les cache-sommiers. Venez.

La buanderie avait été construite dans la cour intérieure à la façon d'un jardin d'hiver et s'accolait à la façade de l'hôtel sur toute sa longueur. Une machine à laver de taille imposante, deux grands cylindres de repassage et une essoreuse occupaient une extrémité de la pièce. Une machine à coudre à pédale, une grande table carrée et deux chaises meublaient la partie centrale dévolue à la couture. Le reste de la buanderie servait de dépôt aux meubles de jardin.

Un rouleau de tissu emballé dans du papier de soie se trouvait au milieu de vieux draps blancs disposés en vrac sur la table carrée.

— Vous ferez les panneaux avec ces vieux draps, dit *kiria* Katina d'un air bougon.

On aurait dit qu'elle soupçonnait déjà les deux femmes de vouloir gâcher du beau tissu pour confectionner la partie des cache-sommiers qui ne se verrait pas.

— Si vous voulez, dit Stella, je peux l'encadrer avec une bordure à angle droit.

— Tu prendras les chutes de cette cotonnade, répondit *kiria* Katina.

Elle défit l'emballage de papier de soie et en ressortit un très beau tissu d'environ soixante centimètres de large. C'était une cotonnade blanche finement rayée de gris, une chute certainement, car le tissu d'origine devait faire cent quarante ou cent soixante de large. Enroulée sur elle-même, la cotonnade devait être longue de plusieurs dizaines de mètres, tant le paquet était épais.

— Les matelas font un mètre soixante de large sur un mètre quatre-vingts de long. J'ai compté quatre-vingts centimètres pour les plis. Pour chaque matelas, en prenant deux fois la longueur, cela fera six mètres. Mon mari m'a rapporté soixante-dix mètres de ce tissu pour les jupes des cache-sommiers, ça devrait suffire à en confectionner une dizaine. Le reste vous servira pour les bordures à angle droit.

Stella comprit que le mari de *kiria* Katina avait dû acheter une fin de stock chez l'un des revendeurs de la rue Hermès. L'idée des cache-sommiers avait suivi, et non précédé, l'achat de la cotonnade. *Kiria* Katina menait ses affaires avec discernement.

— Je m'occuperai des jupes, dit Stella. Pavlina va réaliser les coutures et le surfilage du panneau.

— Les cache-sommiers, c'est un vrai luxe. Je veux une finition impeccable, ajouta *kiria* Katina. Sinon ça ne sert à rien. Il faut qu'on puisse augmenter le prix des chambres.

— Ce sera comme vous le souhaitez, *kiria* Katina, ne vous en faites pas. Je fais deux plis par angle droit et la finition envers contre envers, un ourlet double à un centimètre du bas et du haut, puis je repasse, je le bâtis, et je pique à cinq millimètres du bord. Ça vous va ?

— Je te laisse travailler.

Marquer une satisfaction de façon plus nette aurait été trop douloureux à *kiria* Katina. Elle quitta la pièce, et Stella et Pavlina se mirent au travail.

Pavlina acheva de surfiler son premier panneau en moins d'une heure. La confection du jupon dont s'occupait Stella était bien plus compliquée, si bien qu'après trois panneaux Pavlina demanda à Stella de la laisser confectionner une jupe. Ainsi, à la fin du jour, elles pourraient montrer à *kiria* Katina trois cache-sommiers achevés. Voyant Pavlina très à son affaire, Stella accepta.

— Envers contre envers, tu replies un ourlet double à deux centimètres et demi du bord inférieur. Tu le repasses, tu le bâtis, puis tu le piques à cinq millimètres du pli intérieur, après quoi tu surfiles le bord supérieur du jupon.

— C'est simple, dit Pavlina.

— Ça se complique pour les plis. Tu les repères à deux centimètres du bord gauche, comme ça, tu vois ? Tu piques une épingle qui marque la longueur du matelas.

Stella effectua l'opération de manière impeccable. Pavlina la regarda faire avec grande attention.

— Tu espaces deux autres épingles, chaque fois à vingt centimètres, et tu façonnes le pli creux en rabattant les deux épingles du bord sur celle du centre, comme ça, tu vois ?

— Vous faites ça à une vitesse…

*

Peu avant l'heure du déjeuner, une fillette brune d'une dizaine d'années, l'air grave, ouvrit la porte de la buanderie et la referma derrière elle avec grand soin. Elle s'approcha de Pavlina à pas très feutrés et observa avec attention le jupon qu'elle était en train de surfiler.

— Bonjour, Boubouka, dit Pavlina.

— Bonjour, répondit la petite fille.

Le regard fixé sur l'ouvrage, elle avait l'air très concentré.

— Qu'est-ce que tu fais ?

— Je couds un cache-sommier pour ta *yaya*[1], répondit Pavlina.

La fillette resta silencieuse une longue minute, puis d'un air toujours sérieux demanda :

— Ton ventre te presse ?

— Non. J'aime mon ventre. J'aime le bébé que je porte, Boubouka. Je n'ai pas mal du tout.

— Comment tu vas l'appeler ?

— Ça dépend si c'est un garçon ou une fille.

— Si c'est un garçon ?

— Ce sera Aris, comme son papa qui est mort. Tu sais qu'il est mort, n'est-ce pas ?

1. Grand-mère.

— Oui, répondit Boubouka. Je sais qu'il est mort et que vous n'étiez pas mariés. Ma *yaya* l'a dit à M. Pavlos.

— Tu en sais des choses…, intervint Stella.

La porte s'ouvrit à ce moment-là.

— *Kiria* Katina te demande, dit Pavlos à Stella.

Il l'attendit et ferma la porte derrière eux, laissant Pavlina et Boubouka seules dans la buanderie.

— Et si c'est une fille ? demanda Boubouka.

— Je l'appellerai Andriana.

Les yeux de Pavlina s'emplirent de larmes. Boubouka l'observa sans s'émouvoir, le regard réfléchi. Elle reprit :

— Tu es triste parce que tu ne pourras pas garder l'enfant ?

De la tête, Pavlina fit un geste d'assentiment.

— *Yaya* a dit à M. Pavlos que ce sera mieux pour ton bébé. C'est vrai ?

Pavlina acquiesça à nouveau.

— Il va sortir de ton ventre et tu ne le verras plus ?

Pavlina fit non de la tête.

— Si tu le vois dans la rue, tu ne sauras pas que c'est lui ?

Pavlina se mit à pleurer en silence.

— Et lui, il saura que c'est toi sa maman ?

Stella ouvrit la porte à cet instant. Boubouka regarda posément Pavlina, dit : « Au revoir », puis se retourna et sans se presser quitta la pièce.

*

Sa journée de travail terminée, Pavlina remonta la rue Zaïmi en direction de la maison Papazoglou.

Comme elle le faisait chaque soir, elle s'arrêta à l'épicerie. Chrissoula était occupée à sortir des *tsiros*[1] d'un grand tonneau de saumure et à les disposer dans une boîte en fer-blanc.

— Je termine vite, lui dit Chrissoula, une commande pour le Carlton. Leur garçon passe dans cinq minutes.

Pavlina s'assit sur l'un des deux tabourets de bois placés derrière le comptoir. Chrissoula acheva de fermer la boîte à l'aide de deux larges élastiques qu'elle plaça en croix, puis posa son regard sur Pavlina.

— Tu y penses encore ?

— De plus en plus, répondit Pavlina.

Elle dirait : « Je veux le tenir contre moi quelques minutes. » Puis elle demanderait qu'on la laisse reposer. Elle aurait bien le droit de tenir son bébé contre elle. Personne ne pouvait lui refuser ça. Alors sans crier gare elle quitterait la clinique avec son bébé. Au pire elle saignerait un peu dans le taxi qui la mènerait de la maternité, située sur l'avenue Reine-Sophie, jusqu'au Phalère. Elle paierait le taxi pour le nettoyage de la banquette. Elle se cacherait chez Chrissoula. Elle gagnerait sa vie. Le destin d'un enfant, ce n'est pas d'être séparé de sa mère. C'est d'être aimé d'elle. Nourri de son lait. Réchauffé par la chaleur de sa peau. Caressé, léché, embrassé par sa mère.

Elle se vit mordiller un pied. Lécher un ventre. Embrasser une bouche. Jamais on ne lui enlèverait son enfant.

1. Petit maquereau sec.

— Il s'est passé quelque chose cet après-midi, je le sens, dit Chrissoula en la regardant avec attention.

— Nous avons beaucoup travaillé à des cache-sommiers à coins plissés. Je suis fatiguée.

Elle ne se sentait pas la force de raconter son dialogue avec Boubouka. Elle se leva.

— Bonne nuit, Chrissoula.

— A demain, mon enfant.

Elles s'embrassèrent. Chrissoula retint Pavlina serrée contre sa large poitrine. Puis, les mains posées sur les épaules de la jeune fille, elle lui dit :

— Tu es jeune.

Pavlina ne répondit pas. Sa fille pourrait être heureuse au Phalère. Elle aurait des amis dans le quartier.

*

Dimanche 23 mars 1958

Despina était en train de faire bouillir son café lorsque Pavlina pénétra dans la cuisine.

— Je prendrai le premier bus qui passe, dit Pavlina. J'irai me promener à Plaka ou à Kolonaki et de là je descendrai à Omonia. On se verra directement au théâtre.

— Tu ne veux pas que je t'accompagne ? demanda Despina. On pourrait faire les vitrines…

— J'ai envie d'être seule, répondit Pavlina, pardonne-moi.

Stella entra à cet instant :

— Tu vas au théâtre cet après-midi… Tu connais la pièce, m'a dit Despina… Mais dis-moi, d'où est-ce que tu la connais ? Tu en as le texte, je crois ?

Despina jeta un coup d'œil inquiet à sa sœur qui se reprit :

— Despina l'a vu, n'est-ce pas que tu l'as vu, Despina ?

— Takis me l'avait donné à lire. A Spetses, je m'étais occupée de ses rideaux.

Stella avait dû préparer sa question depuis longtemps. Despina n'aurait pas pu cacher l'existence du manuscrit à sa sœur.

— Mais qui a souligné les répliques de Télémaque ? insista Stella. C'était toi ?

Elle regarda Pavlina par en dessous :

— Ou c'était quelqu'un d'autre ?

— Elles étaient soulignées lorsque Takis m'a remis le texte, répondit Pavlina. Ce devait sans doute être l'exemplaire pour l'autre Takis. C'est bien lui qui joue Télémaque, n'est-ce pas ?

— C'est lui, bien sûr, répondit Despina. Tu verras, il est formidable lui aussi.

*

Cela faisait une heure que Pavlina était postée devant l'entrée des artistes lorsqu'elle vit Takis passer l'angle de la rue Ayou-Constantinou. Il était en discussion animée avec un homme d'environ trente ans, plus grand, plus noiraud, et encore plus beau que lui. L'autre Takis sans doute, se dit Pavlina.

A une dizaine de mètres de l'entrée, Takis s'arrêta net.

— Tu as vu un fantôme ? lui demanda son compagnon.

Il eut un geste brusque de la main, vers le haut, qui voulait dire : Fiche-moi la paix. Son ami regarda dans la direction où Takis avait le regard fixé et fut surpris de voir une femme enceinte.

Pavlina et Takis s'observèrent, immobiles, durant plusieurs secondes. Takis s'approcha lentement de l'entrée des artistes sans quitter Pavlina du regard.

— Qui est-ce ? demanda son compagnon qui le suivait sans comprendre, cherchant à capter son regard.

— La cousine d'Aris, répondit Takis, l'air absent.

— Quel Aris ?

— Spetses.

Son compagnon eut un geste lent de la tête qui voulait dire : « Je comprends » et glissa :

— Je te retrouve dans la loge.

Arrivé à moins d'un mètre de Pavlina, Takis lui tendit la main. Elle soutint son regard et ne bougea pas.

— Tu m'en veux parce que je ne suis pas venu à l'enterrement ?

Il baissa son bras et ajouta :

— C'est ça ?

— S'il y a eu un enterrement, c'était à cause de toi.

— Ton cousin avait des problèmes, dit Takis, appuyant sur le mot « problèmes », comme pour expliquer.

— A cause de toi et de toi seul, poursuivit Pavlina d'une voix plus forte.

Le regard de Takis vacilla légèrement :

— Ne dis pas des choses pareilles, Pavlina. J'ai aimé ton cousin, sincèrement. Je ne lui voulais aucun mal ! Si seulement j'avais su qu'il était si sensible... Il n'a pas compris ce que je lui ai dit...

Il avait parlé à voix basse, en jetant un regard inquiet en direction de la loge du gardien. Il ajouta en chuchotant :

— Je n'ai jamais fait de mal à personne !

— Il n'a rien pris de travers que tu ne voulais qu'il prenne de travers, dit Pavlina d'une voix forte. Tu t'es moqué de lui et tu l'as tué !

— Tout aurait très bien pu se passer...

Autour d'eux, des passants avaient ralenti le pas.

— Menteur ! cria Pavlina. Aris est mort à cause de toi, monsieur le grand acteur ! Il est mort parce que tu lui as fait miroiter monts et merveilles ! Tu as profité de sa gentillesse, tu as profité de son corps, et après tu l'as congédié !

Encouragée par l'attroupement qui s'était formé devant la loge du gardien, elle poursuivit :

— Tu l'as tué ! Il m'a dit : Je vais quitter cette vie et ces gens qui profitent de mon corps et qui se moquent de mon affection !

Le gardien avait quitté sa loge. Il s'approcha de l'acteur :

— Il y a un problème, Takis ?

— Il est mort à cause de toi ! cria Pavlina. Il me l'a dit avant de mourir.

Takis était anéanti. Le gardien observa Pavlina d'un regard inquiet :

— Tu vas bien, ma fille ?

Elle s'adressa à lui et se mit à parler très vite.

— Mon cousin Aris m'a dit : « Je vais nager jusqu'à ce que je n'aie plus aucune force. » Moi j'ai pensé qu'il allait plonger, puis revenir, que l'eau à quatre heures du matin, cela allait lui remettre les idées en place. Et puis il a plongé, il est parti comme un fou. Je me suis mise à hurler. Après une quinzaine de mètres il s'est arrêté, s'est retourné vers moi et m'a crié quelque chose. Tout ce que j'ai compris, c'est : « Dis à Takis que... » et puis il a frappé la surface de l'eau, et je n'ai pas pu entendre le reste à cause du bruit qu'a fait sa main. Je lui ai crié : « Je n'ai pas compris », mais il s'est éloigné de la côte et il est allé se noyer.

— Mon Dieu, fit le gardien.

— C'est à cause de Takis que mon cousin s'est suicidé, il...

Pavlina ne put terminer sa phrase, pliée par une contraction.

— Tu te fais du mal, dit le gardien. Viens t'asseoir dans la loge, je vais te chercher un taxi.

Il se tourna vers l'acteur.

— Et toi, rentre ! Tu as une pièce à jouer.

Takis s'engouffra à l'intérieur du théâtre.

— Ça va mieux, dit Pavlina. Je me débrouillerai seule, j'ai souvent des contractions.

— Tu en es à combien ? demanda le gardien.

— Il me reste un mois.

Elle respira longuement à plusieurs reprises. Lorsque la contraction s'estompa, elle se rendit à l'entrée principale, où l'attendait Despina, et lui demanda de rentrer.

*

Le lendemain, lorsque Despina arriva au théâtre, tout le monde était au courant de l'incident. On avait vu Despina avec une jeune femme enceinte, et le gardien avait fait le rapprochement.

— Pourquoi ne m'as-tu rien dit ? demanda Despina le lendemain soir, à son retour du travail. Tu peux compter sur moi, tu le sais, n'est-ce pas ?

— Pardonne-moi, dit Pavlina. Je ne voulais pas te mettre dans l'embarras.

— Je comprends, répondit Despina. Mais tu sais, tu aurais pu tout me raconter. Je ne t'aurais pas trahie.

Elle réfléchit, puis ajouta :

— Surtout, ne parle pas de l'incident à Stella.

VIII

Lundi 28 avril 1958

La douleur partait de l'utérus, se propulsait jusqu'à la taille, et en une fraction de seconde lui traversait le ventre. L'éclair était suivi d'une accalmie, mais il restait une douleur de fond, douce par comparaison, à laquelle Pavlina était soulagée de revenir. Le répit était de courte durée, à peine quelques secondes, et le feu reprenait.

Enfoncée dans sa torpeur, Pavlina rêvait que deux fils électriques étaient fixés par des pinces sur les lèvres de son sexe. Elle se dit qu'ils seraient faciles à arracher lorsqu'elle se réveillerait, tout à l'heure. Dès qu'elle aurait la force…

Non. Ils lui faisaient trop mal. Il fallait qu'elle les ôte maintenant. Elle tenta de se redresser. Impossible. Elle était lourde de partout. Ses bras, ses épaules, ses jambes, chaque partie de son corps semblait être de plomb. Elle essaya à nouveau mais ce fut encore en vain, et l'effort ne fit que rendre les décharges électriques plus vives. Maintenant, elles ne s'interrompaient plus que pendant une seconde, deux au plus, et la douleur montait bien au-dessus de la taille. Pavlina tenta de lever le bras gauche, puis le droit, sans succès. Sa bouche, sèche et pâteuse, avait un goût vinaigré, horriblement acide.

Elle sentit une main la toucher. Elle entrouvrit les yeux. Le regard fixé sur sa montre, une infirmière lui tenait le poignet. C'était une femme boulotte d'une cinquantaine d'années, aux cheveux gris très bouclés. Sa bouche faisait de petits mouvements. L'infirmière les acheva en prononçant à voix basse : « Quatre-vingt-deux », et vit que Pavlina la regardait, l'air défaite. Elle dit très vite : « Tout s'est bien passé », puis se leva avec une aisance inattendue pour une personne de sa corpulence et quitta la chambre en vitesse.

Pavlina ferma les paupières et s'endormit.

Elle se réveilla brusquement, le cœur affolé, glacée tout entière. Penchée sur elle, l'infirmière était à nouveau occupée à lui prendre le pouls.

— Mon bébé…, chuchota Pavlina. Mon bébé…

L'infirmière la regarda, l'air décomposée.

— Où est-il ?

Pavlina avait parlé d'une voix à peine plus forte. L'infirmière restait figée.

— Où est mon bébé !

L'infirmière continuait d'avoir l'air perdue, ne sachant que faire du bras qu'elle tenait en l'air.

— Il est mort ?

Pavlina avait prononcé ces mots d'une voix à peine audible. L'infirmière ne réagissait toujours pas.

— Il est mort !

Elle avait parlé dans un sanglot et cela eut pour effet de sortir l'infirmière de sa torpeur.

— Il n'est pas mort, dit l'infirmière d'un air abattu. Ton bébé est en bonne santé… Ne t'en fais pas…

— Pourquoi est-ce que mon bébé n'est pas avec moi ? Amenez-moi mon bébé, s'il vous plaît.

Pavlina repoussa les draps, réussit à s'asseoir et fit mine de descendre du lit. L'infirmière la retint :

— Tu sais bien où il est, ton bébé. Allons, calme-toi.

— Vous allez me l'amener, n'est-ce pas ? Vous allez me l'amener ?

— On t'a anesthésiée, dit l'infirmière en lui caressant les cheveux. Ton accouchement s'est bien déroulé. Jusqu'au moment où la tête de l'enfant est apparue. Là, les choses sont devenues difficiles. Tu ne poussais pas assez, on a dû t'anesthésier, couper, tirer le bébé…

Pavlina se souvint des mots de la sage-femme : « Le col s'ouvre, ma Pavlina. C'est un *penindaraki*[1], c'est bien, continue. » Plus tard, elle avait entendu le mot *taliro*, mais c'était vague. Elle ne se souvenait de rien d'autre.

— Allez, recouche-toi. Tu dois te reposer.

L'infirmière l'aida à s'étendre et la regarda tristement.

— Où est mon enfant ?

— Tu le sais, répondit l'infirmière.

Elle avait parlé avec douceur. Pavlina la regardait, les yeux mi-clos. L'infirmière ajouta :

— Tout s'est bien passé. Repose-toi…

1. Désigne la pièce d'une demi-drachme. Les diverses pièces de monnaie étaient prises comme référence pour désigner l'ouverture du col de l'utérus. La plus grosse, le *taliro*, correspondait au diamètre du col au moment où la tête du bébé devenait visible.

— Le bébé ?

L'infirmière eut un geste d'impuissance.

Pavlina comprit. Il n'y aurait ni fuite ni bébé. On lui avait enlevé son enfant. Elle regarda l'infirmière dans les yeux et voulut dire quelque chose. N'y arrivant pas, elle lui saisit une main et la serra. L'infirmière éclata en sanglots.

— Qu'est-ce que j'ai eu ? chuchota Pavlina. S'il vous plaît, dites-le-moi.

— Calme-toi, mon enfant, calme-toi.

L'infirmière était en larmes.

— Tu sais bien que je ne peux rien te dire…

— Je vous en supplie… Pavlina tenait toujours la main de l'infirmière.

L'infirmière se dégagea, prit Pavlina dans ses bras et la serra contre sa poitrine. Puis, la bouche près de son oreille, elle chuchota :

— Une petite fille.

*

Samedi 26 juillet 1958

— Tu n'as pas compté la hauteur du sommier, dit Stella d'un ton irrité. Tout le jupon est à refaire sur une longueur et une largeur.

La reprise du travail s'était avérée difficile pour Pavlina. Son intérêt pour la couture s'était évanoui. Elle n'arrivait pas à se concentrer, multipliait les erreurs.

Stella mesura à nouveau le jupon et ajouta nerveusement :

— On n'aura pas assez de tissu.

Elle se mit à fouiller dans le tas de rouleaux, rubans, festons et chutes de toutes sortes qui étaient entassés sur la table de couture. Après quelques instants durant lesquels elle émit une série de « non… non… non… » irrités, elle en retira un galon gris perle, large d'environ un centimètre et demi, et le présenta sur le tissu du jupon.

— Ça peut se marier… On va rajouter les dix centimètres qui manquent et le pli sera caché par ce galon. Nous dirons à *kiria* Katina que nous lui avons fait un cache-sommier de luxe en utilisant une chute qu'on n'aurait pas pu caser ailleurs. Elle ne devinera jamais.

Pavlina était prostrée sur sa chaise, le visage sans expression. *Kiria* Katina pouvait penser ce qu'elle voulait.

— Ne t'en fais pas, tout ira bien, dit Stella, de meilleure humeur maintenant qu'elle avait réglé son problème de jupon. (Elle poursuivit :) Dans quelques semaines, dans quelques mois, les choses reprendront leur cours, tu verras la vie sous des couleurs plus douces, plus justes, aussi.

Elle avait parlé en enroulant le galon autour de sa main. Elle chercha le regard de Pavlina, ne le trouva pas, et poursuivit :

— Regarde, moi, je suis seule, je n'ai ni mari, ni enfants. Est-ce que je suis malheureuse ? Je suis très heureuse (elle insista sur le « très ») ! J'ai mon travail, mes amis, ma maison… J'ai aussi ma sœur, bien sûr…

Elle était épuisée. La veille déjà, elle avait omis de compter les six centimètres et demi pour les ourlets et les chutes dans le calcul d'une jupe. Elle s'en était rendu compte à la dernière seconde, au moment où elle avait présenté le tissu à la fourche de ses ciseaux, et avait évité la faute de justesse. Au prochain coup de ciseaux de travers, *kiria* Katina allait la renvoyer. Ou Stella allait prendre les devants. Ça lui ressemblerait bien de faire la brave aux yeux de *kiria* Katina. Dieu sait ce qu'elle lui raconterait : « *Kiria* Katina, j'ai tout essayé avec cette enfant ! Mais il n'y a rien à faire, je vous le dis... »

Elles auraient bien raison de la renvoyer.

Tout était trop.

Lundi elle aura trois mois. A quoi ressemble un bébé de trois mois ? Que fait-elle maintenant ? A cet instant ? Est-elle endormie ? malade ? morte ? Si sa fille était morte, quelqu'un le lui aurait-il dit ? Peut-être qu'elle est morte déjà ? Elle est morte. Sa fille est morte. Elle en est sûre. Qui l'a posée dans son cercueil ? Qui l'a pleurée ? Où es-tu, mon Andriana ?

— Peut-être que pendant quelque temps tu devrais t'occuper de tâches plus simples, dit Stella.

Elle est habillée comme une princesse. Sa robe est rose. Non. Rose et blanc. Ses pieds sont vêtus de chaussons tricotés, assortis à sa robe. Elle porte à son poignet une petite gourmette gravée *Andriana*, et au verso : *28 avril 1958.* Sur la robe, à hauteur de la poitrine, une épingle à nourrice en or est passée à travers les mailles du tricot. Une petite breloque lui est accrochée, un trèfle à quatre feuilles serti d'une turquoise. Les barrières à glissière du lit sont abaissées. Couchée sur le dos, Andriana regarde en direction du plafond, les yeux écarquillés. Ils sont bleu très clair. Ses mouvements sont heurtés, malhabiles. Un visage de femme s'approche, sévère, à peau mate. « Que dis-tu à ta maman ? Souris à ta maman. Donne ta petite main à ta maman », dit le visage sévère.

— Tu ne crois pas ? insista Stella. Il y a beaucoup de raccommodages, des reprises, des boutons à remplacer… Depuis que *kiria* Katina a décidé de faire des cache-sommiers pour toutes les chambres, on a pris du retard.

— Je ferai ce que vous voulez, répondit Pavlina.

*

Spetses, samedi 16 août 1958

Ma Pavlina,

Me voici novice au monastère où j'espère pouvoir, un jour peut-être, prononcer mes vœux, dans deux ou trois ans. Merci à père Kosmas, qui t'écrit cette lettre pour moi, de m'avoir conseillée si bien, si justement. Ma place est ici.

Hier, j'ai demandé pardon à la Très Sainte, pour toi et pour moi. J'ai prié pour le bonheur de ton enfant, où qu'il soit. Et j'ai prié pour le salut de ton âme et de la mienne.

J'ai appris par Despina que tu es entrée dans une grande mélancolie. Elle et sa sœur t'aiment beaucoup, elles me l'ont dit. Elles se font du souci pour ta santé. Pour ton travail, aussi. Elles veulent ton bien. Ecoute leurs conseils.

Tu as sacrifié ton bonheur à celui de ton enfant. Ton sacrifice rachète ta faute. Père Kosmas, alors que je lui dicte cette lettre, hoche la tête et dit : Tu as raison, Magda. Pavlina a racheté sa faute par son sacrifice.

Moi, tu le sauras un jour du père Kosmas, j'ai péché sans pouvoir me sacrifier. Il reste au fond de mon cœur quelque chose de dur que je n'arrive pas à dissoudre. Une pierre, qui pèse sur ma conscience et continue de me faire souffrir. Voilà pourquoi ma place est ici, où la vie est déjà trop douce.

Ne te laisse pas aller à la mélancolie. Soigne-toi. Reviens guérie.

Que Dieu te protège.

Ta mère qui t'aime
et t'embrasse.

Pavlina lut la lettre à deux reprises. Elle n'en comprit pas le sens.

Son cœur n'avait pas de place pour d'autres douleurs.

*

Vendredi 26 septembre 1958

Anastase Anastopoulos, chef du service psychiatrique de l'hôpital Evangelismos, observa intensément la jeune fille assise face à lui. Les yeux cloués au sol, le regard terne, elle exprimait l'absence.

Dépression mélancolique classique, conclut Anastopoulos.

Il chercha son regard, n'y arriva pas, pour finir dit avec douceur :

— Raconte-moi.

Pavlina se mit à pleurer en silence. Une minute s'écoula puis le médecin reprit, d'une voix toujours paisible :

— Mme Manolidou m'a raconté ton histoire, Pavlina. Je veux t'entendre me la raconter avec tes mots. Tu le sais, je suis ici pour t'aider.

Pavlina hocha à peine la tête, sans le regarder.

Vasso Manolidou, la fille aînée de *kiria* Katina, avait ses admirateurs dans tout Athènes. Le professeur Anastopoulos était de ceux-là. Dix jours plus tôt, il avait assisté à la première de *Léocadia.* La salle avait réservé une ovation à la Manolidou. Si seulement il pouvait obliger la tragédienne... Cela lui vaudrait de belles marques de gratitude publiques... Anastase Anastopoulos était un médecin de grande valeur, la profession le jalousait. Si la Manolidou le complimentait en public, ses collègues le sauraient...

La perspective de les faire rager le réjouit. Il sortit un très fin cigare d'une boîte plate en argent ciselé. Alors qu'il en soufflait la première bouffée en une longue traînée de fumée – il avait arrondi la bouche tout en la resserrant, ce qui lui donna un air précieux –, il se demanda comment il pourrait soulager la jeune fille qui était devant lui. Elle portait sur elle toute la tristesse du monde.

— Ecoute-moi, mon enfant. Tu es déprimée. Et tu es mélancolique. Je le vois. Aujourd'hui nous avons des méthodes qui soulagent. Elles permettent même de guérir complètement. Mais pour cela, tu dois faire l'effort de me parler.

— Je ne suis pas malade. J'ai abandonné mon enfant.

— Tu ne manges pas. Ton travail ne t'intéresse plus. Tu n'as goût à rien. Tu ne pourras pas vivre longtemps ainsi, Pavlina.

Elle ne répondit pas.

— As-tu envie de mourir ?

— J'ai abandonné mon enfant. Je veux le retrouver. Le reste m'est égal.

— Tu veux donc vivre. C'est bien. Pour ce qui est de ton enfant, il a été adopté, Pavlina. Tu le sais. Tu as fait un immense sacrifice pour le bien de ton enfant. Personne ne te juge.

— Mon enfant me jugera.

— Rien ne pourra changer le passé, Pavlina. Devant moi, je vois une jeune femme qui plonge.

Il laissa s'écouler un long silence, puis reprit :

— Je ne suis pas ton ennemi. Je suis médecin. Mon travail, c'est de t'aider. Et pour ça, il faut que tu me parles.

— Je pense à mon enfant sans cesse, dit enfin Pavlina d'une voix blanche. Je pense à elle chaque minute, chaque seconde. Elle fait ceci, puis elle fait cela, elle est habillée comme ça, elle est comme moi, ou pas comme moi. Selon le jour, elle a les yeux très noirs, comme ceux de son papa, ou bleu très clair, comme les miens… Je suis tout le temps avec ma fille. Je ne la lâche pas.

Elle s'interrompit. Anastopoulos l'observait intensément. Elle reprit :

— Chaque fois que je croise une fillette qui pourrait avoir son âge, je me dis que ça pourrait être elle.

Elle laissa passer un silence, ajouta :

— Je suis sûre qu'elle a mes cheveux. Elle aura cinq mois après-demain.

Elle s'interrompit à nouveau quelques instants, dit encore :

— Si je la lâche, je l'abandonnerai une deuxième fois.

Anastase Anastopoulos tira deux fois sur son petit cigare, très vite, sans rejeter la fumée, puis à nouveau se mit la bouche en cheminée d'où le filet mince et blanc s'échappa sans discontinuer durant plusieurs secondes. Il l'observa se dissiper, l'air pensif, puis porta son regard sur Pavlina :

— Tu es jeune. Tu connais ton travail. Tu es intelligente, on me l'a dit. Tu as tout pour toi, Pavlina. Mais il faut que tu penses à toi.

Elle était à nouveau prostrée, le regard fixé au sol. Après une longue minute, elle dit :

— Je veux retrouver mon enfant.

— Penses-tu que tu pourras mieux le retrouver en te laissant dépérir ou en étant forte ?

Pavlina leva enfin les yeux en direction du médecin. Il émit un soupir de soulagement.

— Je vois que tu me comprends. Nous sommes vendredi. Viens lundi en fin de journée. Mardi tu commenceras une cure de sommeil. Tu verras, c'est quelque chose de très doux. Tu resteras deux ou trois semaines dans mon service. Après tu te sentiras beaucoup mieux. Tu reprendras des forces très vite.

*

Lundi 29 septembre 1958

— Tu n'auras pas besoin de tes habits, dit l'infirmière à Pavlina. Je les range dans le local de service, ici il n'y a pas d'armoire.

Elle lui présenta une chemise de nuit d'hôpital en coton blanc. Pavlina tendit les bras et se laissa faire. L'infirmière lui noua le lacet derrière le cou. La chemise de nuit la recouvrait de la poitrine au bas-ventre, laissant nus les jambes et le dos.

— Ta petite culotte de rechange, je la mets là, sur l'étagère, regarde. Et voilà ton lit.

C'était un lit à sommier métallique, l'un des quatre que comptait la longue pièce rectangulaire. Ils étaient disposés en parallèle le long du mur. Face à eux, la paroi, peinte de blanc crème, était nue. Deux des lits étaient occupés par des femmes âgées. L'une avait les cheveux gris, l'autre tout blancs.

L'idée d'être ainsi mêlée à la vieillesse ne la gêna pas. Elle était détachée d'elle-même.

*

Une demi-heure plus tôt, c'était Vasso Manolidou qui l'avait accompagnée à l'hôpital. L'arrivée de la grande actrice avait fait forte impression. Les infirmières se pressèrent dans les couloirs et plusieurs d'entre elles demandèrent un autographe. L'actrice s'y prêta, en grande vedette qui sait entretenir l'admiration…

— Le professeur ne va pas tarder à passer, lui avait dit l'infirmière en souriant, consciente de l'importance qu'Anastase Anastopoulos attachait à l'opinion de Vasso Manolidou.

Mais l'actrice ne pouvait pas attendre.

*

Peu après son départ, le professeur, suivi de deux assistants et de l'infirmière, fit une entrée de grand style. Malgré sa déception (« Vraiment, professeur, ce n'est pas de chance, elle vient de partir », fit l'infirmière, insistant sur le « vient »), il s'approcha du lit de Pavlina et lui dit, avec une bienveillance appuyée :

— *Yassou, Pavlinaki*[1].

Il se voyait déjà aller saluer la grande Manolidou dans sa loge à l'occasion d'une prochaine représentation de *Léocadia*. Elle le recevrait par un : « Ah ! le grand professeur ! » lancé à la cantonade, et la marque de reconnaissance aurait l'écho souhaité dans tout Athènes. Il se tourna vers l'infirmière :

— Vous lui avez donné du Miltown ?

— Pas encore, professeur, comme vous nous aviez dit que vous alliez passer... J'ai d'ailleurs dit à Mme Manolidou que nous vous attendions.

— Je regrette vraiment, dit Anastase Anastopoulos, très contrarié. Les autres patientes ?

— Elles vont bien, dit l'infirmière.

— Parfait.

Il se tourna vers Pavlina et lui prit ostensiblement la main. Cela ne manqua pas de surprendre l'infirmière. Anastopoulos la regarda avec insistance, façon de

1. « Salut, petite Pavlina. »

dire : « Tu vois comme je m'en occupe ? Si jamais l'actrice repasse, tu sauras lui dire combien le professeur Anastopoulos s'est montré prévenant avec sa petite protégée. »

— Voici ce qui va se passer pendant quinze jours, Pavlinaki. Après le petit déjeuner du matin, tu prendras deux comprimés, du Véronal et du Luminal. Ils te permettront de te détendre et de dormir jusqu'à l'heure du déjeuner. Tu seras ensuite réveillée, tu vas manger – et là, il faudra absolument que tu manges, tu m'entends, Pavlinaki ?

Elle ne répondit pas.

— Bon. Sinon jamais tu n'auras la force de rechercher ton enfant. L'après-midi tu reprendras des comprimés, les mêmes que le matin. Tu seras réveillée à l'heure du dîner, et tu reprendras encore deux comprimés pour la nuit. Ainsi sera ta vie durant deux semaines. Petit à petit, à force de sommeil, de détente, tu verras tes problèmes se dénouer d'eux-mêmes... Ce sera très doux...

Pavlina acquiesça enfin. Anastopoulos poursuivit :

— Parfait... Tu vas rêver. Beaucoup. C'est l'un des buts de la thérapie. T'extirper de ta mélancolie, te replonger dans la vraie vie. Tu sais, nos rêves, c'est aussi la vraie vie, celle qui est enfouie au fond de notre cœur. On n'arrive pas toujours à la voir, alors on l'invite, tu vois ? On l'invite dans nos rêves. Alors nos rêves deviennent plus vrais même que la vie. On les écoute, on les regarde, on essaie de comprendre, tu vois, c'est quelque chose de très simple, très naturel. On accueille sa partie cachée. On fait connaissance avec soi-même, en quelque sorte...

Il observa attentivement Pavlina. Elle ne broncha pas. Il reprit :

— Deux semaines et tu te sentiras reposée, plus sereine. Tu y verras mieux. Les choses t'apparaîtront plus claires, plus simples.

Elle allait rêver d'Andriana.

*

Mercredi 15 octobre 1958

— Tu vas aller habiter chez Chrissoula, me dit Mme Manolidou, c'est bien ça ?

Pavlina hocha la tête.

Anastase Anastopoulos laissa passer un long silence. Dans son désir permanent de briller aux yeux du Tout-Athènes, il avait provoqué le déplaisir de la Manolidou. La cure de sommeil n'avait pas donné les résultats escomptés. Il s'y attendait. Pour une dépression aussi profonde, les électrochocs auraient été une meilleure réponse. Mais très souvent cette idée d'électrochocs effrayait. La Manolidou n'aurait certainement pas approuvé.

En définitive, le fait d'avoir accepté Pavlina comme patiente s'était retourné contre lui. Anastase Anastopoulos s'en voulut. S'il avait imposé le traitement par électrochocs, il n'en serait pas là.

— Tu vas l'aider à l'épicerie ?

Pavlina hocha encore la tête. Elle était soulagée d'arrêter la couture. Elle n'en pouvait plus. Le moindre calcul de distance entre deux boutons, le surfilage le plus simple, la coupe la plus banale lui paraissaient être des tâches immenses. Des montagnes à escalader.

A l'épicerie, elle se contenterait d'aider à de petits travaux. Elle tiendrait compagnie à Chrissoula, qui lui montrait de la tendresse. Elle n'aurait plus à supporter les sœurs Papazoglou. Deux sournoises qui ne savaient qu'épier…

— Tu viendras me voir dans un mois, dit encore Anastopoulos.

Il fit mine de se lever, puis d'un coup se rendit compte que, pris par l'irritation d'avoir déplu à Vasso Manolidou, il n'avait pas interrogé Pavlina sur l'aspect essentiel de sa thérapie. Il se rassit, la regarda posément et demanda d'une voix douce :

— As-tu rêvé, Pavlina ?

Elle hocha la tête, le regard fixé au sol.

— Te souviens-tu de l'un ou l'autre de tes rêves ?

Elle resta silencieuse.

— Tu ne voudrais pas m'en raconter un ?

Elle ne répondit pas.

— Pavlina, nous faisons tous ces efforts pour toi. Tu t'en rends compte ?

Elle continua de ne rien dire.

— Pour que tu gagnes des forces. Que tu puisses reprendre goût à la vie… Tu ne veux pas me raconter quelque chose ? m'aider à t'aider ?

— J'ai fait plusieurs fois le même rêve, dit Pavlina.

Elle avait toujours le regard cloué au sol.

— Andriana a deux ou trois ans.

Elle s'arrêta quelques instants, puis reprit :

— Dans treize jours elle aura six mois.

Elle s'arrêta encore, une longue minute. Anastase Anastopoulos savait écouter. Elle poursuivit.

— Andriana a deux ou trois ans. Elle est debout au milieu d'une grande pièce. C'est un salon ou une chambre à coucher, je ne sais pas. C'est chic. Au sol il y a un tapis. Andriana est habillée pour une fête. Elle tient toujours quelque chose à la main. Une fois, c'était une toupie. Les autres, je ne sais pas. Une dame est là, à ma droite, à deux trois mètres d'Andriana. Elle est élégante, haute de taille, elle a les cheveux coiffés en arrière, comme un garçon. La dame regarde Andriana, puis moi. Sans rien dire. Elle n'aime pas me voir, je le sens. On dirait qu'elle a peur. Oui, elle a peur. Elle pose son regard sur Andriana et lui sourit. Andriana lui sourit à son tour. J'essaie de dire quelque chose, mais aucun mot ne sort de ma bouche. Andriana ne me voit pas. Elle continue de sourire à la dame. J'essaie à nouveau de parler, de toutes mes forces, et le rêve s'arrête.

La fille commence à accepter la réalité, se dit Anastase Anastopoulos. Peut-être que la thérapie n'a pas été un échec complet. Il faudrait que je le fasse savoir à la Manolidou.

IX

Samedi 22 novembre 1958

Le travail à l'épicerie lui convenait. Elle pouvait prendre son temps. Si dans un lot de lentilles elle apercevait un gravillon qui avait échappé à sa vigilance, elle retriait le tout avec plaisir. Elle aimait choisir les agrumes, les toucher, mettre de côté ceux qui étaient trop mûrs, que Chrissoula ne pouvait plus vendre, et qui feraient des confitures. C'était la saison des coings. Elle les frottait fort, à les rendre brillants, puis les évidait du cœur en un tour de main, ce qui demandait de la force et de l'adresse. Ces contacts physiques la rassuraient.

Après que les fruits avaient été cuits et transformés en larges bandes de pâte compacte, Pavlina prenait plaisir à les effleurer de ses doigts mouillés au cognac. Cela lui permettait d'en ressentir les petites aspérités, d'imaginer l'effet légèrement âpre de la pâte de coings sous la langue, d'anticiper l'équilibre subtil entre le moelleux du fruit et le goût corsé du cognac. Ces tâches l'apaisaient, la réconfortaient. D'autres lui plaisaient moins. Extirper les poissons salés des tonneaux de saumure pour les disposer en lots de un ou deux kilos dans les *teneke*[1] lui provoquait de légères nausées. Mais elle le faisait de bonne grâce. Ceux qui avaient fui la Turquie et s'étaient installés au Vieux-Phalère, en bord de mer, ou à Nea-Smirni[2], plus au nord, avaient gardé leurs habitudes d'Asie Mineure. Pour eux, les *tsiros*, c'était un rite. Chrissoula était une des leurs, et Pavlina lui devait bien ça.

*

Elle était à l'arrière-boutique, occupée à mettre des feuilles sèches de menthe sauvage en sachets, lorsqu'elle entendit le tintement de la cloche lancée par la porte. Au même moment, une voix féminine très jeune, presque une voix d'enfant, lança :

— J'encombre votre magasin avec ma poussette.

D'un bond, Pavlina quitta la table de tri et déboula dans l'épicerie. Chrissoula était debout devant son comptoir, massive, l'œil sévère, prête à s'interposer :

— C'est un petit garçon. *Na sas zisi*[3].

Il ne s'agissait donc pas d'une petite fille…

Chrissoula avait parlé avec précipitation. Elle voulait éviter un incident pareil à celui qui avait eu lieu l'avant-veille, lorsqu'elle avait quitté le magasin cinq minutes à peine, le temps d'apporter une boîte de *tsiros* au restaurant du Lido. A son retour, elle avait trouvé Pavlina et une jeune femme face à face, les traits tendus, prêtes à en venir aux mains. La cliente, qui devait avoir vingt-quatre ou vingt-cinq ans, tenait

1. Boîte en fer-blanc.
2. Nouvelle-Smyrne.
3. Littéralement, « qu'il vive pour vous » : que Dieu le protège.

un nourrisson serré contre elle. A en juger par son tricot rose, il s'agissait d'une fillette. Le bébé hurlait à tue-tête, le visage rouge et convulsé.

— Votre employée est folle, avait crié la cliente en désignant Pavlina du menton.

— Que s'est-il passé ? avait demandé Chrissoula.

— J'entre dans votre magasin. Elle s'approche de moi. Voilà qu'elle se penche sur la poussette ! Elle réveille la petite ! Vous vous rendez compte ! Elle la retourne, la prend dans ses bras ! Comme ça ! Comme une folle ! Heureusement que vous êtes arrivée, j'allais appeler la police. Qu'est-ce qu'elle a, votre employée, à se saisir comme ça des enfants des autres ? Par la Sainte Vierge, elle est folle !

La jeune femme avait replacé le nourrisson dans son landau et, sans un mot de plus, avait quitté l'épicerie.

Chrissoula s'était approchée de Pavlina, l'avait prise par le bras et ramenée à l'arrière-boutique. Elle s'était assise à son côté :

— Si chaque fois que tu croises une fillette, tu te mets dans cet état... Tu vas te tuer de tristesse.

Elle avait chuchoté les derniers mots en lui caressant les cheveux.

— Et si c'était mon Andriana ?

Chrissoula n'avait pas répondu.

Deux jours plus tard, il avait suffi que Pavlina entendre le mot « poussette » pour qu'à nouveau elle perde tout contrôle d'elle-même.

— Allez, il est presque deux heures, on ferme, dit Chrissoula sur un ton brusque.

Elle était à bout.

Elle se dirigea vers la porte qui donnait sur la rue et poussa le loquet. Elle se retourna ensuite vers Pavlina, inspira, comme si elle souhaitait dire quelque chose, hésita, expira, inspira à nouveau, et finalement lâcha en vitesse :

— Je veux te raconter quelque chose. Montons.

*

Elles s'étaient assises côte à côte sur le canapé du salon.

— Je ne t'ai jamais parlé de mon premier mari, dit Chrissoula.

— Tu étais mariée ? Avant de connaître M. Pavlos ?

— C'était il y a plus de trente ans. Mes parents avaient fui Smyrne avec l'exode. On nous avait logés dans le camp d'Anavissos, comme la plupart des réfugiés d'Asie Mineure. Mon père était marbrier. Le service des réfugiés lui avait trouvé une place dans un atelier de Maroussi. Il y en avait beaucoup à l'époque, installés dans des hangars à peine salubres. L'atelier appartenait à deux cousins. L'aîné, Yannis, le vrai patron, était un garçon rude, presque brutal. Mais c'était aussi un marbrier hors pair. Pour décrocher une affaire, il n'y allait pas par quatre chemins. Il disait : C'est comme ça ou rien, sauf si ce qui vous intéresse, c'est les apparences. Ça marchait presque toujours. Les gens aiment être pris en main. Enfin… Son cousin Yerassimos, c'était l'artiste, il aimait fignoler. Dans son temps libre il copiait les anciens sur des chutes de marbre. Bref… Ma sœur Myrto et moi avons épousé les deux cousins.

— Les deux, d'un coup ?

— Oui, ma Pavlina. Ton père était pêcheur. Tu sais ce que c'est, pêcher ? C'est un travail dur. Eh bien, celui de marbrier l'est tout autant. Notre père travaillait autant qu'il le pouvait. Mais cela ne suffisait pas à nourrir la famille. Alors on nous a mariées, moi à Yannis et ma sœur à Yerassimos. Nous n'y avons pas compris grand-chose, mais je ne peux pas dire que nous étions malheureuses. Myrto avait dix-neuf ans. Elle travaillait comme ouvreuse au Ciné-Rex, rue de l'Université. Elle a eu de la chance. Yerassimos était la bonté même. Ils se sont bien entendus jusqu'à la fin, jusqu'à ce que Yerassimos meure, il y a trois ans. Ils n'ont pas eu d'enfants. J'étais la cadette de deux ans. Je suivais une école de comptabilité, j'aimais bien les chiffres, comme toi, ma Pavlinaki. Yannis avait treize ans de plus que moi. C'était un homme, un vrai Grec. Comment te dire... Il savait y faire (elle rit, Pavlina sourit). Le travail du marbre, ça ne donne pas l'occasion de se ramollir, si tu vois ce que je veux dire...

— Il était très viril ? demanda Pavlina en souriant.

— Oui (elle rit à nouveau), et aussi très fort. Mince, musclé de partout, bras, jambes, épaules, torse, ventre, cou... Dur de partout. Pas un gramme de mou !

— Comme Aris ! dit Pavlina. Il était comme tu décris Yannis.

Chrissoula laissa passer un silence, se pencha vers elle et lui caressa les cheveux :

— Il n'aimait pas parler. Il m'a conquise au lit. Chaque jour, chaque heure, je ne pensais qu'au moment où j'allais le retrouver. Il transpirait beaucoup durant le jour, je le voyais, puisque je travaillais à l'atelier... Le soir venu, il n'avait pas d'autre choix que de se laver entièrement. Après, il sentait le savon à la lavande. J'étais folle, tu sais, une vraie folle. Il avait une force, une douceur... Il connaissait mon intimité, chaque recoin, tu comprends... Les hommes, ce n'est pas souvent qu'ils s'y retrouvent (elles rirent)... Il aimait m'embrasser le ventre (elle rit). Il en couvrait chaque millimètre de baisers minuscules, ça lui prenait un temps... Des fois, je me dis qu'il m'aimait tellement que même mon gros ventre de maintenant, il continuerait à l'embrasser de mille baisers minuscules... Enfin, je rêve, sans doute...

Elle s'interrompit, le regard perdu, puis après quelques instants reprit :

— Le soir, chaque soir, tu entends, il me disait : Le roi parcourt son royaume. Et il me passait ses lèvres sur tout le corps.

Pavlina rit à nouveau :

— Tu aimais ?

— Plus il le faisait, plus chaque partie de mon corps attendait sa caresse.

Après cinq mois de vie avec lui, elle était tombée enceinte. C'était en décembre 1930. A l'atelier, son travail était essentiel. Les gens payaient mal... Ils avaient décidé de ne pas garder l'enfant. Elle aurait peut-être pu convaincre Yannis. Mais elle n'avait pas insisté. La vérité, c'est qu'elle voulait simplement continuer à être désirée de lui.

— Tout ce que je souhaitais, c'était qu'il me fasse l'amour chaque soir.

Elle s'interrompit quelques instants, ajouta :

— Tu sais, j'étais vraiment jolie...

— Tu es si belle, dit Pavlina. Tu es la plus belle femme du monde.

Elle entoura de son bras le cou de son amie et l'embrassa longuement au-dessous de l'oreille.

— J'ai quarante-huit ans, dit Chrissoula (elle rit). A l'époque j'avais une grosse poitrine, mais elle tenait toute seule (elles rirent fort, d'un jet). Mes cheveux étaient naturellement roux, d'un roux très blond, j'avais la taille fine, pas du ventre comme maintenant (elles rirent à nouveau). Même mes jambes étaient presque minces !

— Tu devais être une merveille, dit Pavlina. Je comprends ton mari !

— Enfin... Je me suis fait avorter dans une petite clinique du Pirée. Après quoi je n'ai plus réussi à finir une grossesse. Je voulais beaucoup, tu vois...

— Ça te manque ?

Chrissoula regarda Pavlina. Les mots lui restèrent dans la gorge. Finalement, elle réussit à faire un geste de l'épaule, pour dire : Qu'est-ce que ça change ? Puis elle déglutit et reprit son récit. Elle avait fait quatre fausses couches. A la dernière, elle avait failli mourir, et ils avaient décidé que Yannis utiliserait des préservatifs.

— Nous étions quand même heureux, poursuivit Chrissoula. Je voyais mon père tous les jours, avec ma sœur aussi on se voyait souvent, les deux cousins s'entendaient bien... C'était souvent très gai, lorsque nous nous retrouvions à quatre : Myrto, qui était ouvreuse de cinéma au Rex, je te l'ai dit, voyait film après film. Des histoires sentimentales... Elle en tirait des leçons de sagesse qui nous faisaient rire aux larmes. La vie était douce. Yannis avait dompté sa rage, son travail marchait, il était reconnu, respecté. Puis il y a eu l'accident. Et tout a basculé.

— Que s'est-il passé ?

— Les grosses pièces de marbre, celles qui faisaient cinquante ou soixante centimètres d'épaisseur lorsqu'elles arrivaient à l'atelier, tu sais combien elles pesaient ?

— Combien ?

Perdue dans son souvenir, Chrissoula ne répondit pas tout de suite.

— Mais dis combien, insista Pavlina, soudain très intéressée.

Chrissoula raconta le travail du marbre le cœur battant. A leur livraison à l'atelier, les blocs faisaient jusqu'à une tonne et demie, deux tonnes pour certains. Ils étaient sanglés, puis fixés au plafond, où un rail faisait toute la longueur de l'atelier, une vingtaine de mètres. Les blocs étaient alors poussés vers la machine à débiter, une scie énorme que Yannis avait trouvée en Roumanie dans un état de délabrement total. Il l'avait remise à neuf lui-même.

— Il avait appris à réparer les machines ?

— Il savait tout de son travail, répondit Chrissoula, absolument tout.

— Comme mon père pour la pêche, je te l'avais dit, n'est-ce pas ?

— Tu me l'avais dit…

— Alors ?

— Lorsque le bloc de marbre était calé dans la machine, on retirait les sangles et le marbre était scié aux épaisseurs que l'on voulait, en général des plaques de deux ou trois centimètres. Pour les plaques d'un centimètre, il y avait des machines plus petites, on en trouvait dans chaque atelier. Mais les plaques épaisses, grandes, ça, c'était autre chose. Je me souviens de l'émotion dans les yeux de Yannis et des autres lorsqu'ils voyaient la pièce brute se transformer en belles tranches impeccables. Au fond, leur vrai gagne-pain, c'était ça, les grosses pièces, les plaques qui faisaient jusqu'à trois ou quatre mètres carrés, des merveilles.

— Mon père aussi, là où il gagnait bien sa vie, c'était les grosses pièces, les daurades de sept huit kilos, ça lui rapportait trois ou quatre fois plus que sept ou huit kilos de petits bars.

— Pour le marbre, c'était la même chose. La machine à débiter les grandes plaques, c'était ce qui permettait d'accrocher les grosses commandes, les ministères, les maisons d'armateurs, tu vois le genre. S'il s'agissait d'une table ou d'une bibliothèque, Yerassimos ornait la pièce de moulures somptueuses. Et le marbre se transformait en chef-d'œuvre…

— Alors ?

Chrissoula observa avec surprise le regard de Pavlina. Pour la première fois depuis son accouchement, elle y lut une curiosité. Pavlina était en attente d'une réponse. Chrissoula hésita. Elle eut soudain envie de dire : « Regarde, ma Pavlina, comme tu vas mieux ! Réjouis-toi ! » Mais elle n'osa pas, cacha son émotion, et reprit :

— Un jour, c'était un 22 juin… Comment oublier cette date… ma vie a basculé. Yannis poussait de la main un bloc de marbre qui coulissait le long du rail. Il le touchait à peine. Une sangle a lâché. Il y eut un bruit énorme, effrayant. Nous avons tous accouru.

Yannis avait reçu les deux tonnes sur le bras droit. Il était pris sous la pierre, incapable de bouger, le bras aplati comme une pita.

Elle s'arrêta et caressa les cheveux de Pavlina à plusieurs reprises.

— On l'a amputé du bras, si l'on peut dire. Jusqu'à l'épaule, il n'avait plus de bras… Le marbre, c'était fini. Un marbrier sans un bras, ce n'est plus un marbrier.

— Que s'est-il passé ?

— Après sa convalescence, Yannis venait à l'atelier, discutait, allait voir des clients. Mais il était d'une tristesse… Au fil des mois, il est devenu méchant. Cassant.

— Même avec toi ?

— Surtout avec moi.

Chrissoula se perdit à nouveau dans son souvenir. Pavlina attendit. Après un long silence, Chrissoula reprit.

— En réalité, il était devenu méchant avec tout le monde. Avec son cousin, avec mon père, même avec les clients. A la fin de l'année, mon père décida de quitter la marbrerie. L'autre employé, un Grec de Turquie comme nous, qui venait de Samsun, là où on cultive le tabac, décida de partir, lui aussi. Tout le monde tournait le dos à Yannis. Cela dit, il faisait tout pour qu'on le quitte. Rien dans sa vie ne marchait plus comme avant.

— Il te frappait ?

— Non, Pavlina. Jamais. Pas une fois. Mais il ne voulait plus me faire l'amour. Il ne voulait plus sortir. Il ne voulait plus s'occuper des clients. Il disait que c'était au tour de Yerassimos, que lui en avait assez fait pour l'atelier. Une année et demie après l'accident, l'atelier a fermé. Yannis et moi avons divorcé. Ma sœur et son mari sont partis en Suisse, à Genève. Un cousin de son mari travaillait dans une marbrerie. En Suisse, personne ne connaissait le travail du marbre, sauf les Italiens. La guerre venait de se terminer, et l'un des ouvriers rentrait au pays. J'étais seule, divorcée…

— Tu étais très jolie…

Chrissoula eut un sourire triste. Elle était peut-être jolie, mais surtout infréquentable… Dangereuse aux yeux des femmes et fille facile aux yeux des hommes. Et puis elle devait gagner sa vie. C'était à cette époque que le mari de *kiria* Katina avait ouvert l'hôtel Lido. La clientèle était faite d'officiers américains ou anglais, les troupes d'occupation, mais aussi d'artistes. Vasso Manolidou, l'une des filles du propriétaire, celle qui avait accompagné Pavlina chez le professeur Anastopoulos, était déjà connue. Elle habitait l'hôtel avec son mari, Kritas, l'imprésario, un homme très beau, très en vue lui aussi, très ambitieux… Il y avait constamment un va-et-vient des stars du Théâtre national, Melina, Horn, Mary Aroni… Toutes ces vedettes qui prenaient le café ensemble, comme de rien… L'hôtel cherchait une comptable. Elle s'était présentée à la réception.

— C'était en février 1945 ; dit Chrissoula, le 2… Encore un tournant.

— Le 2 février ? Mon père est mort un 2 février…

— Tu vois, moi c'est ce jour-là que j'ai connu Pavlos. Le destin… Il y avait aussi le propriétaire, le mari de *kiria* Katina, M. Panayotis. Il suffisait de le regarder pour comprendre que c'était un coureur de première. Il m'a examinée avec ce regard qu'ont certains hommes, tu sais, ceux qui aiment vraiment les femmes. Ils les balaient du regard en une seconde, de haut en bas, et hop, ils te donnent la note ! Bref, j'ai compris que j'aurais la place !

— Qu'est-ce qu'il t'a dit ? Raconte !

— Il m'a dit : Et en plus, vous savez compter ?

Elles rirent aux éclats.

— Et après, il t'a fait la cour ?

— Ma parole, tu veux tout savoir !

— Tu ne veux pas raconter ?

— Une autre fois... L'important, c'est que ce jour-là, j'ai rencontré Pavlos...

Il boitait déjà ? demanda Pavlina.

— Non. Je t'en parlerai plus tard, tu comprendras. Il venait d'être engagé comme concierge. Il avait dix-sept ans de plus que moi et avait été marié. Sa femme était morte trois ans plus tôt d'un accident de tram, à Patission, là où ils habitaient quand il était concierge à l'hôtel Omonia. Ils avaient eu une fille. Elle était mariée, habitait Salonique, et Pavlos vivait seul. C'était un homme d'une gentillesse et d'une douceur extraordinaires. Il m'a fait la cour comme dans les films que racontait Myrto...

— Il était un peu ridicule ?

— Un peu, c'est vrai... Mais si prévenant... J'étais très seule, triste de l'échec qu'avait été mon mariage, je me suis laissé faire, et voilà. Nous nous sommes mariés à la fin de l'année.

— C'est une belle histoire, dit Pavlina.

— C'est le reste qui importe. Je n'ai pas voulu rester au Lido. C'était gênant que nous soyons l'un près de l'autre la journée entière. Et puis il y avait

M. Panayotis… C'était insupportable. Tu sais, j'occupais le petit bureau qui est juste derrière la loge, vers la buanderie.

— Là où je travaillais ?

— Exactement. Avant mon mariage, *kiria* Katina n'était jamais contente de me voir. Alors là… Enfin… Un beau jour, Pavlos m'a proposé de m'acheter l'épicerie située tout à côté de l'hôtel. Son propriétaire, un certain Kirios Vassilis, qui était aussi de Smyrne, partait vivre chez sa fille à Chicago. J'ai réfléchi, ce n'était pas du tout mon métier, bien sûr. Mais Pavlos m'a encouragée, j'ai accepté, et je suis devenue épicière !

— Tout ça est très beau, dit encore Pavlina.

— Je ne savais pas comment fonctionnait une épicerie. Pavlos avait confiance, il me disait : Tu sauras y faire, tu sais calculer, c'est ça qui compte. Il avait raison. N'empêche, un commerce, ça doit aussi recevoir et livrer des marchandises. Kirios Vassilis se débrouillait tout seul. Pour moi, c'était impossible, j'avais besoin d'aide. Mon père avait gardé le contact avec l'autre employé de la marbrerie.

— Celui qui venait de Samsun ?

— Exactement. Il nous envoya son neveu, un Lefteris qui un beau soir sonna chez nous. Lefteris… Il ressemblait plus à un Turc qu'à un Grec. Il avait en lui quelque chose d'un peu sauvage, typique des gens d'Asie Mineure. D'ailleurs il parlait plus volontiers le turc que le grec, et c'est dans cette langue que nous nous sommes parlé, ce soir-là et par la suite. Lefteris était footballeur.

— C'était une vedette ?

— Penses-tu ! (Elle eut un sourire tendre.) Il jouait dans l'équipe de Flisvos, des amateurs. Pour gagner trois drachmes, il entraînait les enfants à l'école primaire du Phalère. Cela ne lui rapportait pas assez, même pour être pauvre ! Le garçon avait besoin de gagner un peu d'argent et Pavlos lui proposa de venir les fins d'après-midi s'occuper des livraisons et de certains travaux lourds, comme déplacer les tonneaux de poissons fumés ou ranger les sacs de légumes. Une heure par jour, cela aurait été plus que suffisant, mais Pavlos lui proposa deux heures, pour qu'il ait son compte.

— Il avait quel âge ?

— Vingt-deux ans. Un jour, il arrive de son entraînement à Alimos, je m'en souviens, c'était un 25 avril. Depuis le matin, il avait fait une chaleur estivale. Lefteris avait quitté sa tenue de sport, mais avait continué de transpirer. Il était trempé. Je lui propose de se sécher et monte lui chercher une chemise de Pavlos. Quand je descends, je le trouve torse nu, la poitrine luisante de sueur. Je lui déplie la chemise propre. Il me tend celle qu'il portait. Il en avait fait une boule. Je la saisis et la lui passe sur la poitrine pour le sécher.

Pavlina émit un petit rire.

— Ça t'amuse, *katergaroula*[1]... Ça m'a troublée comme tu ne peux l'imaginer. Le corps de Lefteris était presque aussi beau que celui de Yannis. Et puis, tu sais, Pavlos, c'était...

Elle eut un geste fataliste, de l'épaule, qui voulait dire : Que veux-tu...

— Tu m'as dit qu'il ne boitait pas encore. Il était déjà gros ?

1. Petite coquine.

— Il était comme tu le vois. Rond, généreux, très doux… Je pense qu'il n'a pas imaginé un seul instant que je puisse avoir une envie féroce d'un homme. J'avais soudain en face de moi un garçon à moitié nu, à moitié turc, mon cadet de dix-huit ans, tu te rends compte, j'avais l'âge d'être sa mère, et voilà que ce garçon pose ses deux mains sur mes seins. En un rien de temps, trois minutes, nous devenons amants. Je t'ai dit que je me souvenais de la date ? C'était un 25 avril, un mardi.

— Tu te souviens de toutes les dates ? dit Pavlina en souriant.

— Je suis comptable ! J'aime les chiffres… Enfin… A partir de ce jour, chaque soir, à peine je fermais le magasin, Lefteris me faisait l'amour. Il le faisait en force, tu vois, sans délicatesse, rien à voir avec Yannis. Mais j'avais un homme dans ma vie de femme. Et le plus extraordinaire, c'est qu'il était jaloux ! Jaloux d'une grosse à côté de laquelle il avait l'air d'un enfant, tu te rends compte ? C'était un chenapan, mon Turc. Je l'adorais…

— Et lui, il t'adorait ?

— Je ne sais pas… Nous ne disions pas ces mots. Il avait une façon de me caresser les plis du dos, ou les bourrelets du ventre, que j'avais déjà fort. Il disait : « Ce ventre, c'est mon ventre, tu entends ? Il est à moi ! » Et il enfouissait ses doigts entre mes plis. Ou encore : « Ton dos, quand je le caresse, il me donne la vie. »

Pavlina gloussa :

— Il te disait des choses pareilles ?

— C'était un bachi-bouzouk, comme on dit en Turquie, il avait la tête un peu fêlée…

— Il devait beaucoup t'aimer, dit Pavlina.

Le regard de Chrissoula se perdit. Ses yeux s'embuèrent. Elle resta ainsi figée de longues secondes, puis dit, comme pour elle-même :

— Je me demande si ce n'est pas l'homme qui m'a le plus aimée, mon fou de Turc. Je me suis souvent posé la question de savoir pourquoi il aimait tant le corps d'une grosse qui pouvait être sa mère. J'ai fini par penser qu'il y trouvait une tendresse proche de ce qu'un homme cherche toute sa vie…

— Et toi ?

— A quarante ans, je me sentais une vraie baleine, et voilà qu'un homme jeune et fort et tendre aimait mon corps comme il était, et me le montrait, chaque jour. Oui, je l'ai aimé, ma Pavlina. Follement. D'ailleurs…

— D'ailleurs… ?

Chrissoula ne répondit pas tout de suite.

— Dis ! insista Pavlina. D'ailleurs… ?

— Il y avait des choses que je n'aimais pas qu'il fasse et qu'il aimait beaucoup faire, des choses que même Yannis ne me faisait pas… *Arkadan*, comme on dit en turc…

— Ça veut dire quoi ? demanda Pavlina d'un air très curieux.

— Par-derrière !

Elles éclatèrent de rire.

— Je lui disais : « Tu triches », et il me répondait : « Ne pas tricher avec toi, ce serait tricher avec la vie. »

Pendant un long moment, aucune des deux ne parla. Pavlina était submergée de mélancolie. Elle avait dit à Aris : « Prends-moi comme un homme. » Elle avait accueilli la douleur avec reconnaissance.

Elle dit :

— Il reste le souvenir…

— Moi aussi, j'ai ce même souvenir, Pavlina. Personne ne peut me l'enlever. Il est à moi pour toujours.

Il y eut encore un silence. Puis Pavlina demanda :

— Et Pavlos, il ne te faisait pas l'amour ?

Chrissoula sourit à nouveau :

— A sa façon…

Elles rirent.

— Cela a duré presque dix-huit mois. Et puis un jour…

— La date ! La date, s'écria Pavlina en riant.

— Coquine ! Si tu veux tout savoir, c'était le premier du mois, en octobre. Ce jour-là Lefteris avait tardé, une histoire de stade indisponible. Je l'avais laissé faire son travail, mais j'avais attendu. Je le voulais, tu comprends ? Je le voulais comme une folle. J'ai patienté. Il m'a prise. J'en ai voulu encore. Il m'a reprise, nous étions acharnés. Je suis montée à l'appartement avec une heure et demie de retard. Cela m'arrivait quelquefois, et Pavlos ne s'en faisait pas. Lorsqu'il rentrait, il mettait la radio et se couchait sur le lit. Il n'aurait pas eu l'idée de venir voir ce que je faisais au magasin. Il était bien trop confiant. Il me disait : Moi, je suis un employé ! Toi, tu es une patronne. L'employé laisse la patronne faire son travail.

— Lui aussi devait beaucoup t'aimer…

— Lui aussi, Pavlina, je le sais… Enfin… Ce soir-là, lorsque je suis rentrée, je n'ai pas entendu la radio. J'ai pensé qu'il n'était pas encore là et cela ne m'a pas inquiétée. Mais la lumière du salon était allumée. C'était inexplicable. Je vais dans la chambre à coucher et trouve Pavlos au pied du lit, étendu sur le dos, conscient, essayant, par des mouvements des yeux, de me faire comprendre quelque chose, mais incapable de parler ni de bouger. Il avait eu une attaque cérébrale. Je le fais transporter à la clinique du Phalère, à Flisvos, et là, le médecin me dit que c'est une thrombose.

— Une quoi ?

Elle décrivit la thrombose, le caillot qui monte au cerveau, Pavlos qui d'un coup perd l'usage de la parole. Son côté gauche était paralysé.

— Le médecin attribuait le caillot à une arythmie. Il pensait aussi qu'une chute de tension avait étendu les dégâts de la thrombose. Si je m'étais trouvée auprès de lui, ou si j'étais rentrée une heure plus tôt, Pavlos aurait subi sa chute de tension en clinique. Les dégâts auraient été moins étendus, ou moins durables. A l'hôpital ils auraient pu mieux le soulager, il aurait mieux récupéré…

— Il ne boite pas beaucoup.

— Il boite bel et bien, Pavlina. Tous les jours que Dieu fait, j'ai sous les yeux le résultat de ma trahison. Toi, tu as essayé de faire le bien. Moi, je faisais le mal. Je le savais et je le faisais quand même. J'insultais mon mari. Je l'aimais et je le trompais sous son toit. Je me moquais de lui. Je le tournais en bourrique.

— Tu regrettais ?

Il y eut un silence.

— Je ne sais pas. Je le regrette aujourd'hui, bien sûr. Mais durant ces dix-huit mois, ai-je regretté de tromper Pavlos de façon aussi effrontée ? Je crois que non…

— Mais tu l'aimais, n'est-ce pas ? Tu n'as pas cessé de l'aimer ?

— Et alors ? Par ma faute il n'a pas été soigné comme il aurait pu l'être. C'est pour ça que je te raconte tout cela, Pavlina. Ne te sens pas coupable de tous les péchés de la terre. Tu as agi au mieux. Moi j'ai agi au pire. Mais la vie continue… Lefteris est parti. Je n'ai plus connu d'homme depuis six ans et demi. Sans doute que je n'en connaîtrai jamais plus. Et Pavlos traîne la jambe…

— Tu es malheureuse ?

— J'ai trouvé un équilibre.

Elle s'interrompit, regarda Pavlina, et ajouta :

— Et tu devrais en faire autant !

— Moi, je dois trouver mon enfant.

Pavlina s'étendit sur le canapé et cala sa tête sur les genoux de Chrissoula :

— Je vais le trouver, tu verras.

Chrissoula posa sa main sur la joue de Pavlina et la caressa doucement. Elles restèrent ainsi, sans plus parler.

*

Dimanche 30 novembre 1958

Après déjeuner, elles décidèrent d'aller prendre une glace à Flisvos.

Elles n'avaient pas quitté la maison depuis cinq minutes que, pour la troisième fois, Chrissoula sentit la main de Pavlina se crisper sur son bras. Une jeune femme poussant un landau marchait vers elles. Cette fois-ci, Pavlina ne chercha pas à ralentir le pas au moment où elles se croisèrent, et les deux femmes poursuivirent leur marche au même rythme.

Chrissoula pressa le bras de Pavlina contre son flanc, comme pour la féliciter.

— Si elle n'est pas dans ce landau, elle est ailleurs, dit Pavlina. A Kolonaki, à Kiffissia, peut-être même ici au Phalère.

Chrissoula ne répondit rien.

— Je me demande ce qu'elle fait maintenant, dit Pavlina après quelques instants.

Chrissoula resta dans son silence.

Arrivées à Flisvos, elles trouvèrent une table à la terrasse de chez Pahos. Pavlina s'efforça de prendre un air détendu, mais Chrissoula sentait qu'elle était aux aguets. Ses yeux passaient de table en table, cherchant s'il n'y avait pas de bébé dont l'âge puisse correspondre à celui d'Andriana.

— Tu ne peux pas continuer de vivre ainsi, dit Chrissoula.

Elle posa la main sur le bras de Pavlina, accompagnant son geste d'une pression douce et prolongée.

— Si je vais à Genève chez ta sœur, je ne verrai jamais mon enfant.

— Au moins tu vivras. Tu seras libérée de cette angoisse qui te mange le foie.

Le garçon vint prendre les commandes. Chrissoula demanda une glace à la crème recouverte de confiture de griottes et d'amandes grillées, et Pavlina eut une moue moqueuse. Chrissoula s'en rendit compte. Elles restèrent à peine, le temps de consommer. Sur le chemin du retour, elles n'échangèrent pas un mot.

— Je vais faire une sieste, fit Chrissoula dès qu'elles passèrent le seuil de la porte.

Elle était rompue. La tension permanente, les angoisses de Pavlina, tout cela l'épuisait.

— Bonne sieste, fit Pavlina d'une voix désobligeante.

Elle s'assit sur le canapé du salon, l'air butée. Chrissoula passa derrière elle, l'embrassa sur les cheveux, puis se rendit dans sa chambre, enfila une chemise de nuit et s'étendit. Elle resta ainsi de longues minutes dans le noir, les yeux ouverts, s'interrogeant sur les arguments qu'elle pourrait utiliser pour convaincre Pavlina de refaire sa vie ailleurs. Loin d'Athènes. Loin de sa fille. Là où ses obsessions ne pourraient plus l'atteindre.

Un bruit la fit sursauter. C'était comme un ronflement qui allait en s'amplifiant, une sorte de vibration sonore et mécanique qui venait du salon. Chrissoula se tint immobile dans son lit, inquiète, puis d'un coup comprit. Elle se leva d'un bond et ouvrit la porte du salon.

Recroquevillée sur le canapé, Pavlina sanglotait de tout son corps. Chrissoula s'assit près d'elle et la prit dans ses bras.

La tête posée sur la poitrine de Chrissoula qui la serrait très fort, Pavlina continua de sangloter de longues minutes.

Lorsqu'elle se fut calmée, Chrissoula lui dit :

— Viens.

Sans répondre, Pavlina se leva et la suivit dans sa chambre. Chrissoula l'aida à se déshabiller. Puis elle s'allongea, entrouvrit ses bras, et Pavlina se blottit contre elle, la tête sur ses seins.

Quelques instants plus tard, Chrissoula sentit son souffle chaud lui caresser le ventre.

*

— Va à Genève, Pavlina. Va vivre chez Myrto. Tourne la page.
— Tu me demandes de l'oublier ?
— N'oublie rien ni personne, Pavlina. Vis.

Elles restèrent encore une longue heure sans parler, presque sans bouger.

— J'irai, dit enfin Pavlina.

GENEVE

X

Jeudi 19 novembre 1970

— L'audience est ouverte dans la cause qui oppose les époux... (le jeune juge fronça les sourcils et poursuivit avec hésitation) Kalounis-Lougassis...

Il se reprit :

— Kaloussis-Louganis... Monsieur... Kaloussis a introduit... une demande de divorce. Est-ce que cette demande... est... confirmée ?

Il parlait en feuilletant son dossier, par à-coups.

Pavlina ne l'écoutait pas.

*

Cela faisait onze ans.

Myrto était venue la chercher à l'aéroport. Pavlina l'avait reconnue tout de suite : « Vous ressemblez à votre sœur, vous êtes belle comme elle ! » Elle avait ajouté : « Un peu plus mince... » Elles avaient ri.

« Dis-moi tu », lui avait demandé Myrto. Dans le bus qui les mena de l'aéroport à la place du Cirque, Myrto ne cessa de se raconter : « Je cuisine grec de temps en temps… Mais les épices, les condiments, j'ai laissé tomber ! Ça me donnait la nostalgie, ces odeurs de cannelle, clou de girofle, muscade, oh là là… »

Dans l'immeuble, alors qu'elles montaient la rampe qui menait à l'ascenseur, Myrto lui avait dit :

— Ici, c'est mon petit monde. Tu le connaîtras vite, tu verras. Il y a un cinéma dans l'immeuble, je connais le projectionniste… Tu sais que j'étais ouvreuse, avant, au Rex ?

— Je sais, avait répondu Pavlina en souriant.

— Je suis la seule couturière. Avec toi, nous serons deux. Il y a deux coiffeuses qui travaillent à l'étage, un pédicure, une esthéticienne, mais sérieuse, tous des gens bien, polis.

En entrant dans le petit appartement, Pavlina avait fondu en larmes.

« Yorgos Kaloussis est un brave garçon. » Trois mois après son arrivée, Natalia Costantinidis l'avait prise de côté pour lui souffler ces mots d'un ton qui ne souffrait aucune remise en cause. Ils voulaient dire : « Voici le garçon qu'il te faut. » C'était sa façon habituelle de présenter les choses, à *kiria* Natalia, comme l'appelaient les Grecs de Genève.

Elle les réunissait les mercredis soir dans un petit appartement du quartier de Cornavin. Ceux qui venaient étaient de condition modeste, une quinzaine d'employés de commerce ou d'artisans, quelques ouvriers aussi, qui se retrouvaient autour d'un nombre impressionnant de *mézé*[1] et de plats cuisinés. Chacun y contribuait généreusement, pour le plaisir du partage autant que pour l'honneur d'être celui qui a apporté en abondance. Toujours secondée par deux ou trois dames de la bonne bourgeoisie grecque de Genève, *kiria* Natalia dirigeait les opérations d'une façon affectueusement insupportable qui à la fois rassurait et irritait. Les plats étaient présentés dans un ordre qu'elle était seule à pouvoir décider, et si tel ou tel mets avait quelque peine à trouver preneur, elle se chargeait de remplir l'assiette des convives qui se trouvaient à portée de main : « Tu as goûté aux *kefté*[2] de Marina ? Oui ? Ça ne fait rien, prends-en encore un, ils sont excellents. »

Le propos de ces soirées était contradictoire, et l'ambiance légèrement forcée. *Kiria* Natalia souhaitait aider les immigrés de la communauté à s'adapter à la vie genevoise, mais aussi à maintenir le lien à la patrie. Il en résultait un sentiment d'appartenance mitigé, ou plutôt une coexistence de loyautés insatisfaites. Les Grecs de Genève étaient souvent incertains de leur identité. Pas de vrais Suisses malgré de gros efforts, pas davantage de vrais Grecs, ils vivaient dans un état de mélancolie douce de laquelle, au fil des ans, il leur devenait de plus en plus difficile de s'extirper.

Au retour de sa première soirée, Pavlina avait demandé à Myrto :

1. Amuse-bouche.
2. Boulettes de viande.

— Pourquoi n'es-tu pas rentrée en Grèce à la mort de ton mari ?

— Je m'apprêtais à le faire. Et puis j'ai rencontré quelqu'un... Un Italien... Il tenait une boulangerie boulevard Carl-Vogt, à côté de la boutique. Nous avons eu une liaison, elle a duré deux ans, je pensais qu'on finirait par se marier. Et puis les choses ne se sont pas faites...

— Il t'a quittée pour une autre ?

— Pour sa femme. Aussi simple que ça. Ils sont rentrés en Italie.

— Et après ?

— Après j'étais déçue, fatiguée... En Grèce, j'aurais dû recommencer. Ici, j'avais mon travail, mes amis de la place du Cirque... Je suis restée.

— Alors c'est bien, Genève ?

— C'est tranquille, répondit Myrto. Tu verras... C'est une ville où les gens sont heureux.

— Chacun est heureux ?

— Non, bien sûr. Disons que c'est une ville où le bonheur est bien réparti. Il y en a un peu pour tout le monde. C'est tranquille, c'est doux.

*

C'était ça, Yorgos Kaloussis. Un bonheur sans excès. Un brave garçon qui aurait pu l'aider à tourner la page. Il venait de Kastoria, là où chacun ou presque sait travailler la peau. Un brave artisan fourreur installé en chambre, capable de récupérer une pièce perdue, de reprendre une coupe sans laisser de traces, ou d'évaluer en un coup d'œil la qualité d'un lot de peaux. Tu es couturière, il est fourreur, vous devez avoir des choses à vous raconter, lui avait dit *kiria* Natalia.

— Madame Pavlina... Kaloussis-Louganis... ? interrogea le juge.

Il répéta pour lui-même, en bougeant les lèvres : Kaloussis-Louganis.

L'avocat tapota le bras de Pavlina. Elle sortit de sa rêverie :

— Oui ?

— Le président du tribunal vous parle, chuchota l'avocat.

Elle regarda le juge. Ce garçon a mon âge, se dit Pavlina. Il doit avoir une femme, des enfants, des amis, mener une vie normale.

Elle se sentit vieille.

— Oui, monsieur le juge.

Son avocat voulut la reprendre, elle devait dire : monsieur le président. Le juge ne lui en laissa pas le temps.

— Madame Pavlina Kaloussis-Louganis (il prononça son nom sans hésiter et un sourire éclaira furtivement son visage), vous êtes couturière, vous habitez 2, place du Cirque, vous vivez séparée de votre époux depuis deux ans, c'est cela ?

Pavlina acquiesça.

— Vous travaillez avec Mme Myrto Aslanidis à la boutique *Myrto Mode, couture et retouches*, sise 41, boulevard Carl-Vogt, c'est cela ?

— Oui.

— Vous y avez un statut d'employée ? d'associée ?

— Associée, monsieur.

— Je vois que vos revenus annuels vous permettent de subvenir à vos besoins. Vous ne souhaitez pas, je crois, faire une demande de pension alimentaire à votre mari ?

Kiria Natalia les avait installés côte à côte. Yor-gos était déjà enveloppé par les effets d'un travail séden-taire. Pavlina avait remarqué ses doigts piqués, mar-qués par de grosses aiguilles. Un garçon qui travaille et gagne sa vie, s'était dit Pavlina. Elle avait dix-huit ans, lui douze de plus. *Kiria* Natalia l'avait sans doute pressé : « Cette petite, ne la laisse pas t'échapper. » Elle aimait commander, *kiria* Natalia. Elle faisait le bien avec cœur, mais il fallait que chacun soit de son avis sur tout. Yorgos en avait sans doute déduit qu'il serait bien reçu. Je peux t'inviter à dîner ? Il l'avait emmenée au Parthénon, un restaurant bruyant du quartier de la Terrassière, où le patron passait à tue-tête des chansons de Dallaras ou de Parios. Il n'était pas arrivé à cacher sa fierté lorsque le garçon l'avait reconnu.

Elle n'avait que faire de sa pension. Elle l'aimait bien. Ni plus ni moins que lorsqu'elle l'avait vu pour la première fois.

— J'attire votre attention, madame, sur le fait qu'aussitôt le divorce prononcé, vous reprendrez votre nom de jeune fille.

L'homme de sa vie s'appelait Louganis. Comme elle. C'était bien ainsi. C'était juste.

— Oui, monsieur le juge.

— On dit : monsieur le président, lui souffla son avocat.

— Monsieur le président, répéta Pavlina.

Pour lui annoncer leur rupture, Yorgos l'avait emmenée prendre le thé dans les salons de l'hôtel du Rhône. Il voulait faire le monsieur une dernière fois. « Avec Teresa, je me sens bien, je me sens un homme, tu comprends ? Je ne devrais pas te le dire, mais elle n'a jamais autant connu le plaisir qu'avec moi. »

Bien sûr qu'elle comprenait. Il a besoin qu'on lui chante la chanson qu'il attend, s'était dit Pavlina.

Onze ans plus tôt, dans le brouhaha du Parthénon, il s'était raconté. Honnêtement. Elle l'avait écouté, puis s'était racontée à son tour. Elle avait ajouté : Ce ne sera pas facile. Il avait répondu qu'il serait patient.

La tâche s'était révélée trop rude. Son mariage lui confirma ce qu'il était. Un homme moyen. Ni grand amant, ni grand séducteur. Un homme comme les autres. Moyen. Le constat l'avait déroutée.

Pavlina se tourna vers Yorgos. Il était assis dans l'autre travée du prétoire, à la droite de son avocat. Il sanglotait, la tête enfouie dans ses mains. Elle ne put distinguer que l'arrière de son crâne. Il était plat. Un crâne de brave garçon.

Ne me demande pas de faire un enfant, lui avait dit Pavlina. Il avait accepté. Elle aurait pu ajouter : Si je t'épouse, mon brave Yorgos, c'est bien parce qu'avec toi, je sais que je n'oublierai pas Aris. Ce n'est pas une question de patience. Je ne serai heureuse à aucun prix. Trouve-toi plutôt une femme qui te racontera les fadaises que tu as envie d'écouter. Notre mariage ne t'apportera rien.

Mais elle s'était laissé faire. C'était peut-être ça, le bonheur tranquille. Vivre à Genève. Epouser Yorgos Kaloussis. Ne rien oublier, mais ne plus être tout à fait seule.

— Monsieur Kaloussis, cela fait deux ans que vous avez quitté le domicile conjugal.

Ce n'était pas une question.

— Oui, monsieur le président, répondit l'avocat de Yorgos.

Trois mois après leur première rencontre, Yorgos l'avait invitée à dîner chez Roberto, un restaurant élégant du quartier de la Rôtisserie. A midi ce jour-là, il était passé voir Marietta, la fille des propriétaires. Il venait de lui transformer une veste de vison en étole. Il obtint une bonne table à l'étage. Le soir, il n'avait pas résisté au plaisir d'en tirer vanité : J'ai demandé cette table et cette table seulement, avait-il fanfaronné. Tu viens souvent ? avait demandé Pavlina. Il avait perçu de l'admiration dans ces mots. Je suis passé à midi, avait-il répondu, ne sachant pas lui-même s'il devait en être fier ou gêné.

Il est niais, s'était dit Pavlina. Mais c'est un brave garçon.

Il avait commandé du blanc vaudois en bouteille pour accompagner les filets de féra, puis un chianti avec la *ronde des pâtes*, cinq plats en dégustation, un vrai festin. Pour le dessert il avait choisi la *cassata* arrosée de rhum, que le maître d'hôtel avait fait flamber devant leur table.

La conversation avait tourné autour du travail.

La clientèle aisée était inaccessible à Myrto et à Pavlina. Malgré les années, Myrto parlait toujours un français approximatif. Le quartier où se trouvait la boutique était populaire, une grande bourgeoise de la haute ville ne s'y serait pas aventurée. Les clientes étaient pour la plupart des Italiennes qui habitaient le quartier de la Jonction, entre Rhône et Arve. Presque toutes savaient coudre. Mais elles n'en avaient pas le temps, elles travaillaient, comme femmes de ménage ou femmes de chambre, et venaient à la boutique pour des occasions spéciales, des mariages ou des baptêmes. La seule exception était Livia Hugues, une aristocrate triestine mariée à un banquier genevois. Elle les avait connues grâce à sa gouvernante, triestine elle aussi, et avait décelé dans le travail des deux couturières un savoir-faire méditerranéen.

Yorgos travaillait à façon pour les fourreurs de la place. Leur clientèle était huppée. Sistovaris, un Grec d'Egypte qui possédait la plus belle boutique de Genève, lui confiait toutes ses retouches.

Ils examinèrent diverses possibilités de collaboration et finirent par admettre que cela semblait difficile. Ils décidèrent pourtant de se donner toutes les chances et s'inscrivirent à un cours de français, rue du Prince. Ils y allèrent avec assiduité.

Je lui dois au moins ça, pensa Pavlina. J'ai bien appris la langue.

Il avait fait sa déclaration au moment du café. Ses intentions étaient sérieuses. Elle avait eu un enfant illégitime, il le savait.

Il s'attend à ce que je le remercie, s'était dit Pavlina.

— Laisse-moi quelques jours, je t'appellerai.

Une semaine plus tard, elle l'avait invité à dîner dans son studio de la place du Cirque.

Le repas avait été sinistre. Après le dessert, elle avait éteint le plafonnier, ouvert le lit, et s'était déshabillée complètement. Yorgos l'avait regardée, médusé. Il avait dit : Tu as des seins magnifiques. Elle n'avait pas répondu et s'était glissée sous les draps. Yorgos avait gardé son boxer, trop large.

— Tu as un préservatif ?

Il la regarda d'un air étonné.

— Je n'en mets jamais.

— Tu en mettras si tu veux qu'on fasse l'amour, lui avait dit Pavlina.

Il l'avait prise dans ses bras, l'avait embrassée sur la bouche, puis lui avait caressé les seins. Quelques minutes plus tard, ne sachant que faire d'autre, il s'était rhabillé.

Ils avaient fait l'amour la semaine suivante, sans plaisir. Ne t'en fais pas, avait dit Pavlina sans prendre la peine de chuchoter.

— Ma cliente renonce aux dépens, monsieur le président.

*

A Genève, les épisodes obsessionnels avaient presque entièrement disparu. Sur dix ans, elle n'avait connu que trois crises. Chacune avait été déclenchée par une même image, celle d'une fillette vue de dos, aux cheveux drus et très noirs, coiffés en une épaisse natte. Pavlina s'était chaque fois précipitée pour voir l'enfant de face. En vain. Les épisodes avaient tous eu lieu dans les Rues-Basses. Le premier devant la Pharmacie principale, rue du Marché. Le second trois ans plus tard à l'entrée du Grand Passage, côté rue du Rhône. Le dernier à la sortie du cinéma *Le Paris*, place du Cirque, un dimanche de novembre. Pavlina rentrait chez elle et s'apprêtait à traverser le boulevard Georges-Favon lorsqu'elle vit la petite tête émerger du passage qui abritait la sortie de secours du cinéma. La fillette contourna le bâtiment et se dirigea vers la rue du Stand. Pavlina voulut traverser le boulevard et faillit se faire renverser par une voiture qui arrivait sur sa gauche. Elle recula, chercha la fillette du regard, mais elle avait disparu.

Au cours des semaines qui avaient suivi chacune des crises, Pavlina avait retrouvé ses vieux démons. Où qu'elle fût, son regard scrutait la foule, s'arrêtait sur les fillettes qui avaient l'âge d'Andriana, et les dévisageait avec tristesse.

— La cause est gardée à juger, dit le président du tribunal.

Ils avaient invité une vingtaine de personnes au mariage, organisé dans un appartement qui faisait office d'église orthodoxe, route de Malagnou. Le prêtre avait parlé de la Résurrection, « " jamais " n'est pas un mot chrétien, avait-il dit. Il y a en chacun de nous une inaliénable parcelle d'éternité. A partir d'elle, tout peut renaître chez qui a la foi ».

Myrto s'était occupée de préparer la réception. *Kiria* Natalia leur avait offert des couverts à salade argentés de chez Christofle. Les Grecs de Genève doivent s'entraider, avait-elle rappelé dans son discours. C'était son idée fixe : rester patriotes et s'intégrer. Le mal-être doux assuré pour toujours.

Chrissoula était venue. C'était son premier voyage à Genève. L'année suivante, Pavlos allait être foudroyé par une attaque cérébrale. Elle allait vendre l'épicerie et s'installer chez sa sœur. « Myrto et moi sommes restées seules, lui avait écrit Chrissoula après la mort de Pavlos. Et toi aussi tu es à Genève, Pavlinaki. Je viendrai près de vous. »

Pavlina se souvint et sourit. Moins d'un mois après son arrivée à Genève, Chrissoula avait entamé une liaison avec un avocat, celui qui s'était occupé de lui obtenir son permis de séjour. Il l'avait fait gracieusement, à la demande de sa femme, une Espagnole qui avait gardé ses habitudes de couture à domicile et chez qui Myrto ou Pavlina allaient de temps en temps passer un après-midi.

L'homme était d'une rare laideur. Il avait un visage étroit et long, un nez immense, une bouche petite et mince. Mais, sous ses apparences de vieux Genevois rigoriste, il était doté d'une sensualité dévorante, doublée d'une résistance peu commune à la fatigue physique. Une pratique quotidienne et acharnée de la gymnastique, associée à son goût immodéré de la nudité féminine, lui permettaient encore, à soixante-dix ans, de pallier autant qu'il était possible les insuffisances que lui imposait la nature. Maître Claude Vidoullet était devenu, au fil des ans, un caresseur hors pair.

Son étude, située boulevard du Théâtre, à deux pas de la place du Cirque, comptait un greffe, où travaillait une secrétaire, et deux bureaux, dont un « cabinet de repos » équipé d'une sorte de bidet de campagne mobile, posé sur quatre pieds, qu'il fallait alimenter au moyen d'un broc.

Il recevait Chrissoula les mardis à dix-huit heures. C'était, au début de leur relation, le seul jour durant lequel il n'avait pas de charges d'enseignement à l'université ou d'autres activités civiques que sa position en vue dans la cité l'amenait à accepter. Myrto, jamais en reste d'une ironie à l'égard de sa sœur, eut un jour l'inspiration d'un jeu de mots qui instantanément valut à l'amant de Chrissoula un sobriquet tenace. Elle le surnomma *Kathetritis*, soit « Chaque mardi », en écho à *Kathiyitis*, qui veut dire « professeur ». Ainsi, les mardis après-midi de Chrissoula furent-ils consacrés à des échanges de tendresse inattendus entre une Hellène blonde, rieuse et bien en chair, et son *Kathetritis*, un juriste de vieille extraction genevoise, sec de corps et d'esprit, mais extraordinairement friand d'intimité féminine. Six ans après le début de leur liaison, le professeur prit sa retraite. Deux ans plus tard, il perdit sa femme. Rien pourtant ne changea dans leurs habitudes : les deux amants continuèrent de se retrouver les mardis en fin de journée, à l'étude et nulle part ailleurs, et ce toujours en dehors des périodes de vacances universitaires, Ils ne partagèrent jamais un repas, n'échangèrent aucun mot d'amour et ne se firent aucun cadeau, à l'exception des *glyco tou koutaliou*, des confitures épaisses faites pour être dégustées à la cuillère, que Chrissoula confectionnait et qu'elle offrait régulièrement à son *Kathetritis*, se disant qu'à son âge, un apport de sucre dans des moments de forte dépense physique ne pouvait que lui être bénéfique.

Cette relation simple se perpétuait sans passion mais aussi sans nuage. Elle offrait à Chrissoula des plages de bien-être serein, et la franchise du rapport laissait toute sa place à une sensualité reçue de part et d'autre avec reconnaissance.

Chrissoula s'accommode du destin, se dit Pavlina. Elle l'amadoue, tire le meilleur de la vie. Le destin et moi, c'est comme si on ne parlait pas la même langue.

Elle se leva. Yorgos était effondré. Il resta assis. Elle l'embrassa sur les cheveux :

— *O Theos mazi sou, Yorgomou.*

Ils n'avaient rien pu partager.

Myrto et Chrissoula l'attendaient en face du Palais de Justice, au Pied-de-Cochon.

La cathédrale sonna quatre heures. Cinq heures à Athènes, se dit Pavlina. Elle est sans doute rentrée de l'école.

XI

Jeudi 24 avril 1975

— Vous avez de la chance, il y en a !

La vendeuse de chez Hautlé eut un sourire complice à l'intention de Pavlina. Elle ajouta :

— Tout de suite à vous !

Sa remarque – *il y en a* – se référait à la spécialité de la maison, les quartiers d'orange enrobés de chocolat. La friandise était un vrai délice dont on ne venait à bout qu'en deux ou trois bouchées. Après avoir croqué dans une épaisse couche de chocolat noir, on percevait sous la langue le moelleux légèrement acide du fruit. La combinaison des deux goûts, reçus ensemble dans le palais, était irrésistible.

Mais l'orange enrobée se conservait mal, et la maison Hautlé, qui avait une réputation à défendre dans la vieille Genève, ne fabriquait la douceur que par petites séries. La cliente préférée de Pavlina, Livia Hugues, qui raffolait de la friandise, habitait à deux pas de chez Hautlé, place du Grand-Mézel. Lorsque Pavlina se rendait chez elle, elle passait par la confiserie, c'était devenu une tradition.

— Merci, j'attends ! lança Pavlina.

Tout occupée à noter la commande d'une cliente, la vendeuse ne l'écoutait plus. Le regard de Pavlina se perdit sur les étagères de la confiserie, glissa sur les vitrines et s'arrêta sur la cliente. La dame d'une cinquantaine d'années était d'une élégance sévère. Cette impression de rigueur était renforcée par la complexion de son teint, très pâle. Haute de taille, les cheveux gris coiffés en queue de cheval, elle donnait ses instructions avec aisance, d'un ton qui était à la fois aimable et distant.

Elle sait s'adresser au petit personnel, se dit Pavlina. Moi j'ai honte de demander l'heure.

Andriana saura un jour parler comme ça. Elle marche le long de l'avenue Panepistimiou. Elle est accompagnée de deux amies. Mon Dieu, ce qu'elles sont ravissantes. Elles parlent à haute voix, rient trop fort. Maintenant elles remontent Voukourestiou, s'arrêtent devant les vitrines des magasins à la mode, montrent des robes du doigt, éclatent de rire à tout instant, lancent des coups d'œil à la ronde, veulent qu'on les remarque. Arrivées place Kolonaki, elles s'attablent chez Ellenikon. Tout le monde les regarde. Une fille de famille peut prétendre aux plus merveilleuses choses de la vie… Jolie, riche, intelligente… Et ce qu'il faut de savoir-faire pour se faire porter les paquets ! Sûrement qu'elle va aux surprise-partys fréquentées par des gamins habillés de pantalons trop courts, chemises blanches et blazers, conduits de Psychico ou Filothei[1] dans la voiture de leur mère. Des enfants encore, qui préfèrent discuter de filles plutôt que les faire danser.

Est-elle déjà amoureuse ? Peut-être qu'elle se caresse… ? Comme moi à son âge…

*

— Pour douze personnes… Mille-feuille aux fraises… Avec comme inscription sur le glaçage : Joyeux anniversaire Antonella.

— C'est noté, madame Perrin.

— Je vous ai dit, pour les bougies, n'est-ce pas ? Dix-sept. Vous me les mettez jaunes, à dix-sept ans, rose, ça fait un peu bébé, vous ne trouvez pas ?

A cet instant, la porte qui donnait sur l'arrière-boutique s'ouvrit. Une femme d'une cinquantaine d'années, aux cheveux châtains bouclés et au visage souriant, lança :

— Bonjour, docteur !

— Bonjour, madame Hautlé !

— C'est pour lundi, le 28, dit la vendeuse à sa patronne. C'est en ordre ?

— Votre fille aura un beau gâteau, dit Mme Hautlé à la cliente.

Pavlina dut s'accrocher de la main au comptoir. La vendeuse la vit sur le point de perdre l'équilibre et fit un geste pour la retenir :

— Mon Dieu !

— Rien, balbutia Pavlina.

1. Quartiers huppés du nord d'Athènes.

Elle quitta la confiserie et resta plusieurs minutes sur le trottoir, hébétée.

Les chiffres, les jours, les années, les bougies... Tout s'entrechoquait dans sa tête, tourbillonnait.

Lundi 28 savril, une fillette allait fêter ses dix-sept ans. Une fillette née le même jour, la même année qu'Andriana. Dix-sept bougies jaunes, parce que rose, cela fait bébé, et qu'à dix-sept ans une fillette n'est plus une fillette.

La vendeuse, la cliente et Mme Hautlé la dévisageaient à travers la porte vitrée d'un regard compatissant et intrigué, échangeaient des propos, la regardaient à nouveau. Elle se sentit honteuse.

Elle remonta très lentement la rue Saint-Léger. Arrivée à l'angle de la rue Etienne-Dumont, elle était épuisée. Elle se retourna. La dame aux cheveux gris quitta la confiserie au même instant, traversa la place et se dirigea d'un pas pressé vers la rue des Chaudronniers. Pavlina la perdit de vue, laissa passer quelques secondes, puis, au prix d'un effort immense, se mit à la suivre. La dame remontait la rue d'un pas soutenu, presque militaire. Pavlina attendit qu'elle eût atteint le musée d'Art et d'Histoire, puis calqua son pas sur le sien. Sa fatigue avait disparu. Perrin, avait dit la vendeuse. Docteur, avait dit la propriétaire. Elle regarderait dans le Bottin.

La dame avait parcouru la rue Charles-Galland presque entièrement, lorsque d'un coup elle bifurqua sur sa gauche et emprunta la rue du Mont-de-Sion. Pavlina accéléra le pas et la rattrapa du regard au moment où elle passait l'angle de la rue Sturm. Aux feux de circulation du boulevard des Tranchées, elle la rejoignit et, pour se donner une contenance, feignit de chercher quelque chose dans son sac. Quelques secondes plus tard, le feu pour piétons passa au vert. La dame aux cheveux gris traversa le boulevard et pénétra dans un immeuble cossu qui dominait l'esplanade. C'était le 2, route de Malagnou.

Arrivée devant l'immeuble, Pavlina fouilla à nouveau son sac, les yeux rivés sur l'entrée, attendit quelques instants et, ne voyant sortir personne, repartit d'un pas lourd en direction du Bourg-de-Four.

*

Les Perrin occupaient trois colonnes du Bottin téléphonique. Mais une seule famille habitait au 2, route de Malagnou : Jean-Marc et Isabelle, tous deux médecins-dentistes.

Une famille normale, se dit Pavlina. Des parents qui fêtent un anniversaire. Leur fille a dix-sept ans. C'est banal. Si nous habitions Spetses avec Aris, nous aurions peut-être grondé Andriana ce jour-là. On a une fille, elle a dix-sept ans, on la gronde. Quoi de plus naturel ? Bien sûr, si on n'a plus d'homme dans sa vie, parce qu'il s'est tué, et qu'on n'a plus son enfant, parce qu'on l'a donné, on se dit qu'on n'aurait grondé personne. Qu'on n'aurait fait que se prendre dans les bras et se dire des tendresses.

Vers dix heures, Chrissoula vint frapper à sa porte. Elle et Myrto voulaient l'emmener à la Cave-Valaisane. Le restaurant, situé de l'autre côté du boulevard, était réputé pour ses raclettes. Pavlina les taquina :

— Vous voulez encore grossir ?

— Pavlinaki, j'ai pris ma retraite de femme amoureuse il y a cinq minutes, répondait invariablement Chrissoula lorsque le problème de son poids était abordé. J'ai soixante-cinq ans, tu sais !

Après quoi elle émettait un « pfffft » dont elle était sans doute la seule à comprendre le sens et se mettait à rire toute seule. Elle avait pris dix kilos en cinq ans de vie genevoise, mais cela ne freinait pas sa vie intime. « Il m'aime comme je suis », se défendait-elle chaque fois que Myrto ou Pavlina la regardaient forcer sur la nourriture. Sa sœur, qui avait également pris du poids, ne fréquentait plus d'homme.

— Allons grossir ! lança Pavlina.

*

A table, elle avait hésité à raconter l'épisode de la femme aux cheveux gris. Finalement elle s'en était ouverte. Ce n'était rien. Une coïncidence. Combien d'enfants étaient nés dans le monde le 28 avril 1958 ? Mille ? Deux mille ? Dix mille ? Peut-être même un million. Alors…

— Tu te tortures inutilement, lui dit Chrissoula.

— Pourquoi elle se torture ? demanda Myrto. C'est sa vie !

— C'est le passé, insista Chrissoula. Elle doit tourner la page.

— Eh bien, le passé, c'est la vie.

— Tu fais encore la philosophe ! lança Chrissoula à sa sœur.

— Je ne fais rien du tout. Mais je sais ça. Nous sommes nos souvenirs. Yannis ton mari, Pavlos ton autre mari, Lefteris ton footballeur qui te faisait l'amour dans ton dépôt de légumes, c'est tes souvenirs. Et demain tu te souviendras de ton professeur.

— Pourquoi ça, je m'en souviendrai ?

— Parce qu'avec ce que tu lui fais faire, il ne va pas tarder à rendre l'âme.

Les deux sœurs éclatèrent de rire.

— Tout ça, c'est toi, ma Chrissoula. C'est ta vie. C'est ce qui ne s'oublie pas. Pour Pavlina, sa vie, c'est Aris et Andriana. N'est-ce pas, ma Pavlina ? Pavlinaki ? Tu es avec nous ?

— Pardon, dit Pavlina.

Elle leur sourit.

A quoi pouvait ressembler une jeune fille qui allait avoir dix-sept ans dans quatre jours ?

— Alors, poursuivit Myrto à l'intention de sa sœur, Pavlina s'occupe de son Andriana. Comme ça, un jour elle pourra tourner la page.

— Paie et rentrons, dit Chrissoula. J'ai trop mangé.

Elles traversèrent le boulevard en silence. Dans l'ascenseur, Chrissoula demanda :

— Tu veux que je reste avec toi ?

— Ça ira, répondit Pavlina.

*

Vendredi 25 avril 1975

L'après-midi vers trois heures, Pavlina prétexta une retouche chez Mme Hugues, quitta la boutique et remonta lentement le boulevard Carl-Vogt. Elle traîna le long de l'avenue du Mail puis, arrivée à hauteur du cinéma *Le Paris*, changea soudain de rythme, traversa la place du Cirque et monta la Treille d'un pas soutenu. Arrivée place du Bourg-de-Four, elle s'arrêta net.

Je dois oublier ces fadaises une fois pour toutes, se dit Pavlina.

Cette histoire d'anniversaire était ridicule. Cette traque était ridicule. Si elle venait à être repérée, c'en serait fini de son permis de séjour. Elle serait expulsée. Où irait-elle ?

Mais rien n'y fit. Elle remonta lentement la rue Charles-Galland, poursuivit jusqu'à la rue du Mont-de-Sion, traversa le boulevard et repéra un tea-room. Une petite table, placée devant le comptoir, offrait une vue dégagée sur l'entrée de l'immeuble des Perrin.

Elle s'installa, le regard braqué sur la porte d'entrée de l'immeuble, et commanda un thé. Elle se dit qu'un thé, du fait qu'il restait brûlant longtemps, pourrait justifier qu'elle occupe la table de façon prolongée.

Son guet fut gêné par une voiture qui s'arrêta sur le passage piéton, situé devant le tea-room. La voiture était conduite par la dame aux cheveux gris. Une jeune fille sortit du véhicule et se dirigea vers l'immeuble. Pavlina l'aperçut de dos. Elle portait une gabardine bleu marine. Cinq minutes plus tard, la jeune fille quitta l'immeuble et se dirigea vers la confiserie. Pavlina la vit s'avancer de face. Sans doute Antonella.

Elle était petite de taille et mince, mais sa poitrine était forte, et la gabardine n'arrivait pas à en masquer l'importance. Sa peau, très mate, et ses cheveux drus, légèrement crépus, lui donnaient un air de Méridionale un brin plébéienne. Mais son port de tête et ses traits, fins et réguliers, faisaient d'elle une fille de famille. Pavlina essaya de déceler la couleur de ses yeux, mais n'y parvint pas.

La jeune fille portait en bandoulière un large sac de tissu beige clair. Sur une poche latérale étaient cousues deux lettres de cuir brun foncé : G. N.

Arrivée devant la confiserie, elle se mit soudain à courir, traversa coup sur coup le boulevard des Tranchées et la rue Ferdinand-Hodler, puis s'engouffra dans le bus qui arrivait à l'instant même. C'était le 1, qui desservait la ceinture de la ville. Pavlina avait à peine eu le temps de quitter sa chaise que le bus repartait.

Andriana est devenue une jeune femme, pensa Pavlina.

Elle ne dirait rien à Chrissoula.

*

Samedi 26 avril 1975

Pavlina arrêta le travail aux alentours de dix-neuf heures. L'air était doux. Elle décida de flâner et se retrouva au Bourg-de-Four. Elle eut les larmes aux yeux et rentra, tête basse.

Dans deux jours, Andriana aura dix-sept ans. Elle est magnifique. Elancée, charmante, avec une poitrine un peu forte, mais des traits fins et réguliers. Une fille de famille. Un nom connu de tout Athènes.

*

Dimanche 27 avril 1975

Vers dix heures du matin, les sœurs passèrent chercher Pavlina. Leur activité dominicale régulière était la promenade. Elles la pratiquaient sans excès, pour ne pas dire avec parcimonie, et s'en tenaient à deux itinéraires. C'étaient les quais du lac, tantôt rive gauche, tantôt rive droite.

— On va jusqu'à Genève-Plage, annonça Chrissoula. Tu viens ?

Ce serait donc rive gauche et le quai Gustave-Ador, une heure de promenade qu'elles faisaient en se donnant le bras comme elles l'auraient fait le long des quais du Vieux-Phalère. Elles empruntaient toujours la contre-allée, où de petites embarcations posées sur chevalets créaient de la vie. Cela faisait contraste avec l'austérité des immeubles situés en front de quai. Au retour, elles s'arrêtaient à l'un ou l'autre des restaurants italiens du quartier des Eaux-Vives et se régalaient de plats copieux, ponctuant leur repas de remarques rassurantes, parmi lesquelles « On est quand même bien à Genève... » était celle qui revenait le plus souvent.

Depuis son divorce, Pavlina suivait toujours les sœurs. Ce jour-là pourtant, elle en décida autrement.

— Je dois livrer la robe de Mme Hugues mardi. Si je n'avance pas aujourd'hui, je n'y arriverai jamais.

Vers onze heures, elle quitta la place du Cirque et se rendit à la boutique. Elle y passa la journée dans un état d'agitation constante. Ses pensées allaient d'Antonella Perrin à Andriana, retournaient à Antonella Perrin, puis de nouveau à Andriana, et ainsi de suite.

Où Andriana allait-elle fêter son anniversaire ? Qui allait la serrer dans ses bras au lever ? Comment ? Avec douceur ? Avec force ? Allait-on l'embrasser sur le front ? sur les joues ? la tête ? les yeux ? Qui lui caresserait le visage ? Quels seraient ses premiers mots ?

Ses pensées revenaient à Antonella, puis se fixaient à nouveau sur Andriana. Elle ne savait pas à laquelle des deux jeunes filles elle voulait penser. Elle essayait de saisir les contours de l'une, de les comparer à ceux de l'autre. Incapable de se concentrer sur la robe de Mme Hugues, elle fit et défit deux fois le surpiquage des pinces de la taille.

Comment se passerait leur arrivée en classe ? Combien chacune avait-elle invité de camarades à son anniversaire ? A quoi penseraient-elles au moment de souffler les bougies ? À qui ?

*

Andriana met un disque. On entend Parios chanter *Matia blé*[1], un slow que Chrissoula fredonne souvent.

Pios taxidevi sta matia sou ?
Pios… Xagripna sto cormi sou ?
Matia blé
Sta megala taxidia sou,
Tha' me' ego, Tha' me panda mazisou

Qui voyage dans tes yeux ?
Qui veille sur ton corps ?
Tes yeux bleus
A tes longs voyages c'est moi qui serai là
Je serai avec toi toujours.

Un garçon enlace Andriana. Il a les cheveux propres et bien coupés. Un fils de famille. Pavlina n'en distingue pas les traits. Maintenant c'est Antonella qu'il tient dans ses bras. Pavlina essaie de retrouver le visage d'Andriana. L'image lui échappe.

*

Le grésillement du téléphone la tira de sa rêverie. C'était Chrissoula.

1. *Les Yeux bleus.*

— Il est presque huit heures ! Nous étions inquiètes…

— Je termine dans cinq minutes et j'arrive.

— Tu t'es beaucoup fatiguée ces derniers jours avec cette robe, lui dit Myrto à son retour. Repose-toi.

— Je passerai prendre le café avec toi demain matin, dit Chrissoula. Et je penserai à toi cette nuit, Pavlinaki.

*

Lundi 28 avril 1975

A qui ressembles-tu, ma fille adorée ? A ton père, qui était si beau ? si fin ? A ta mère, qui a des seins trop gros aux aréoles noires et laides ? Quels amis t'entourent dans ta belle demeure du plus beau quartier d'Athènes ? Qui te fête ? Avec quel gâteau ? De quelle couleur sont tes bougies ? Dis-le-moi, ma fille adorée. Dis-le-moi qu'enfin je respire.

Comment se déroule l'anniversaire ?
Que fait Antonella ?

Pavlina passa la journée les yeux fixés sur sa montre.

Le temps restait figé.

*

Mardi 29 avril 1975

A quatre heures, Pavlina sonna chez Livia Hugues. Ce fut Lia, sa gouvernante, qui ouvrit. Elle avait un air de mauvais pressentiment.

— Mme Livia se repose. La réception de ce soir l'angoisse, vous ne pouvez pas imaginer !

Livia Hugues recevait à dîner les associés de son mari, une tradition annuelle entre gens qui se connaissaient « depuis plusieurs générations », comme ils aimaient à le dire. Ils étaient pour la plupart cousins et usaient du « nous » en parlant de leurs ancêtres. Livia Hugues était bien trop fragile pour assumer son rang entre gens d'une telle connivence.

Lia ajouta : « *Il bacio di Natale*... » L'expression avait valeur de code. Lorsque Livia et Lia voulaient dire qu'elles se sentaient étrangères à la société huppée à laquelle appartenait la famille Hugues, il suffisait qu'elles prononcent ces quelques mots pour que leur bonne humeur revienne.

Peu de temps après son arrivée à Genève, Livia s'était trouvée assise à l'opéra à côté d'une tante éloignée de son mari, une demoiselle Amandine Hugues, célibataire dévouée à faire le bien. A la sortie du spectacle, Livia s'était penchée vers elle pour l'embrasser. « Comme c'est gentil ! » s'était exclamée la cousine Amandine. Vous savez, chez nous, on s'embrasse à Noël. »

Pavlina, qui connaissait l'histoire du baiser, en ressentit une mélancolie. Sa mère n'était pas la cousine

Amandine. Mais quand Pavlina voulait l'embrasser, elle ne réagissait pas autrement.

— Ce beau visage m'a l'air bien triste, fit Lia d'un ton qui se voulait sévère.

Pavlina ne répondit pas.

— Allez, souriez ! *Noi altre semo do veciete*[1]. Regardez comme vous êtes jolie, *dai*, venez vous regarder dans le miroir.

— Ce n'est pas vrai, mais ça me fait du bien de l'entendre, dit Pavlina. Merci, madame Lia.

Elle déposa la robe, embrassa la gouvernante et quitta l'appartement. Elle était épuisée. Elle aurait voulu rester chez les deux Triestines, s'asseoir, bavarder, échanger des banalités. Ne plus affronter le Bourg-de-Four, le tea-room, l'attente, la traque. Se reposer.

Elle remonta lentement la rue des Granges. Au Bourg-de-Four, elle accéléra le pas, d'un coup, et se retrouva à la confiserie de la rue Michel-Chauvet. Elle s'assit à la petite table située devant le comptoir, commanda un thé et posa sur la table la monnaie qui couvrait le prix de la consommation. Elle pourrait quitter le tea-room à tout moment.

Un quart d'heure plus tard, elle vit Antonella Perrin franchir le seuil du 2, route de Malagnou. Elle portait en bandoulière le même grand sac beige marqué G. N.

Pavlina quitta la confiserie, traversa le boulevard en vitesse et atteignit l'arrêt du bus avant la jeune fille.

1. En dialecte triestin : « Nous autres sommes déjà de petites vieilles. »

Lorsque celle-ci arriva quelques secondes plus tard, Pavlina lui tourna le dos et, avec une nonchalance exagérée, fit quelques pas en direction de la rue Ferdinand-Hodler.

A l'arrivée du bus, Antonella monta à l'avant et se tint debout, la main droite posée sur la barre pivotante de la porte automatique. Pavlina s'assit à l'arrière, le cœur battant, le regard fixé sur la jeune fille. A nouveau elle tenta de découvrir la couleur de ses yeux. Mais la distance qui la séparait d'Antonella était trop grande.

Le bus passa par le quartier des hôpitaux, traversa la plaine de Plainpalais et emprunta le boulevard Carl-Vogt.

A l'arrêt situé devant la Maison de la Radio, Antonella Perrin descendit. Pavlina quitta le bus et laissa la jeune fille prendre du champ.

Antonella emprunta la rue de l'Ecole-de-Médecine en direction de l'Arve, passa le petit pont qui enjambait le fleuve, traversa une grande esplanade et pénétra dans un bâtiment de verre et de béton au sommet duquel une enseigne indiquait : *Centre sportif des Vernets*.

Pavlina la suivit, attendit deux à trois minutes puis entra à son tour. Au milieu d'un hall immense, elle repéra un guichet d'accueil et voulut acheter un billet d'entrée.

— Sans maillot, vous ne pouvez pas entrer, lui dit le préposé. La piscine est réservée aux nageurs.

Pavlina resta quelques instants devant le guichet, sans savoir que dire ou faire. Elle regarda autour d'elle et vit, sur sa gauche, une immense baie vitrée. Elle s'en approcha. La baie offrait une vue sur toute la piscine.

Pavlina attendit. Elle était soudain très sereine. Cinq minutes plus tard, elle repéra Antonella qui montait les marches des vestiaires et se dirigeait vers le bord opposé de la piscine, où des flotteurs rouge et blanc délimitaient deux couloirs d'entraînement. A proximité des couloirs, Pavlina remarqua une pancarte, marquée de grandes lettres bleues. Elle lut : G. N., et au-dessous : Genève Natation.

Son regard retrouva Antonella qui marchait avec élégance le long de la piscine, tête droite et dos plat. Son maillot d'une pièce dévoilait un corps mince et musclé qu'elle assumait avec assurance.

Sa poitrine lui donne de la douceur, pensa Pavlina. Une vraie princesse.

Arrivée près des couloirs, Antonella posa sa serviette sur un banc. D'un geste rapide, elle rassembla ses cheveux à l'aide d'un élastique, s'approcha du bord et plongea. Son mouvement, impeccable, laissa sur l'eau une trace petite, vite refermée.

Elle émergea cinq à six mètres plus loin, bras en avant, jambes tendues, puis entama une longueur de piscine en nageant le crawl. Ses mouvements, d'une efficacité redoutable, la faisaient avancer d'au moins deux mètres à chaque battement. Elle pratiquait la respiration alternée. Un, deux, trois, respiration à gauche. Un, deux, trois, respiration à droite.

Pavlina regardait Antonella nager, et cela lui semblait être la chose la plus naturelle au monde.

La jeune fille toucha le bord opposé, bascula et parcourut le couloir en sens contraire jusqu'au point d'où elle avait plongé à peine une minute plus tôt. Elle effectua une culbute puis, d'une poussée des jambes, profita de l'élan acquis pour entamer sa troisième longueur. Elle semblait n'éprouver aucune fatigue. Ses mouvements étaient précis, rapides, fluides. Elle nageait à la perfection.

Pavlina compta les longueurs. Antonella en parcourut seize d'une traite, huit cents mètres. La même distance que je parcourais à Spetses, de la pointe de l'Armata à l'église d'Ayos Dimitrios et retour, constata Pavlina. Cela aussi lui parut naturel.

La jeune fille quitta le bassin, s'assit sur le banc où était déposée sa serviette et la plaça autour de ses épaules. Elle semblait à peine essoufflée. Un homme d'une cinquantaine d'années s'approcha d'elle et entama un long monologue. Il portait un blouson aux initiales du club. Le visage d'Antonella était attentif. Elle hochait la tête et semblait approuver ce que lui disait l'homme.

Comme avec mister Kol, pensa Pavlina, lorsqu'il m'apprenait à nager.

*

Mercredi 30 avril 1975

— Je peux vous aider ?

La vendeuse de l'Uniprix avait parlé à travers le rideau de la cabine d'essayage dans laquelle Pavlina était entrée cinq minutes plus tôt.

Elle était sûre que sa cliente était à l'intérieur. Mais pourquoi ne répondait-elle pas ? Elle hésita, puis finit par écarter le rideau. Pavlina se regardait dans le miroir, figée, l'air défaite. Elle portait l'un des maillots qu'elle avait emportés en cabine, un jersey noir d'une pièce.

— Je peux vous aider, madame ?

Pavlina continuait de rester immobile devant le miroir. La vendeuse n'osa rien ajouter, attendant que Pavlina se ressaisisse.

— Il y a si longtemps que je n'ai pas mis un maillot de bain…

— Celui-ci vous met en beauté, vraiment, fit la vendeuse, soulagée.

C'était vrai. Pavlina avait gardé un corps magnifique. Sa poitrine était toujours somptueuse, elle dut bien l'admettre. L'échancrure du maillot l'avantageait. Ses seins étaient lourds et fermes. Le sillon qui les séparait en laissait deviner tout l'épanouissement. La peau de ses cuisses, de ses bras et de ses épaules était fine.

— Il me va trop bien, répondit Pavlina.

— Trop bien ? Vous êtes drôle, madame !

La vendeuse eut un rire gêné.

— Je le prends, dit Pavlina.

Elle ferait bonne impression à Antonella.

Cette perspective la troubla.

A son retour, elle cacha le maillot dans une valise.

*

Lundi 5 mai 1975

En milieu d'après-midi, elle prétexta une migraine, quitta la boutique et passa chez elle comme une voleuse prendre son maillot. A peine dehors, elle se dépêcha d'emprunter le passage Cabriole. Chrissoula aurait pu la surprendre en venant par la place du Cirque.

*

Elle s'assit sur le rebord du bassin, les jambes dans l'eau. Des deux mains elle se souleva légèrement, puis se laissa glisser à la verticale, comme elle le faisait du ponton des Suisses. Elle remonta lentement en surface, poussa des jambes contre la paroi du bassin et fendit l'eau sur trois ou quatre mètres, les bras tendus vers l'avant.

Un, deux, trois, respiration à gauche. Un, deux, trois, respiration à droite. Les mouvements lui étaient faciles. Elle retrouvait le rythme, l'aisance, la coordination des bras et des jambes, les rotations fluides du cou qui lui permettaient de raser la surface de l'eau au moment de la respiration. Elle parcourut une longueur sans effort. Son corps fendait l'eau avec facilité. Elle nageait vite. Arrivée au bord opposé, elle s'arrêta, puis se retourna avant de repartir. Il n'y avait pas de bassin à Spetses, et mister Kol ne lui avait pas appris la culbute des compétitions. Elle nagea le retour avec la même facilité, bien rythmée dans son mouvement de crawl. Au moment où elle repartait pour une troisième longueur, elle vit une masse plonger près d'elle, faire quelques mouvements de jambes sous l'eau, puis émerger et nager selon son même rythme lent et régulier, ponctué par une respiration alternée chaque trois mouvements des bras. Au bout d'une vingtaine de mètres, elle en était sûre, c'était Antonella Perrin.

Elles nagèrent ainsi côte à côte durant deux longueurs. La respiration alternée leur permettait de s'observer et d'accorder leur rythme. Au retour de la deuxième longueur, elles s'arrêtèrent en bord de bassin. La jeune fille se tourna vers elle et la regarda en souriant :

— Vous avez fait de la compétition quand vous étiez jeune ?

Un mètre à peine les séparait. Pavlina vit enfin ses yeux de près. Ils étaient bleu très clair, presque blancs. Elle tressaillit.

— Vous nagez drôlement bien ! ajouta la jeune fille.

Elle s'immergea, prit son élan, poussa des jambes contre la paroi du bassin et entama une nouvelle longueur.

XII

Lundi 12 mai 1975

Elles parcoururent plusieurs longueurs côte à côte. Puis elles quittèrent le bassin ensemble, sans dire un mot, et s'assirent sur les marches de travertin qui surplombaient la piscine.

Elles restèrent silencieuses durant encore une longue minute, gênées, sans se regarder. Antonella s'éclaircit la gorge :

— J'ai dû vous blesser, l'autre jour.

Pavlina leva lentement les yeux vers ceux de la jeune fille. On aurait dit que c'était elle la cadette.

— Pourquoi ?

Antonella sourit.

— Je vous ai demandé si vous aviez fait de la compétition quand vous étiez jeune. Vous l'êtes toujours... Pardon.

Pavlina tremblait.

— Je suis bien plus âgée que vous. C'est normal.

— J'ai dix-sept ans. En fait (Antonella se mit à rire, joyeuse d'un coup), je viens d'avoir dix-sept ans. Il y a exactement deux semaines. Le 28 avril.

— J'ai eu une fille, elle est née le 28 avril, comme vous, la même année.

— Comment s'appelle-t-elle ? demanda Antonella.

Pavlina eut une hésitation, puis dit :

— Andriana.

Elle déglutit, ajouta :

— Enfin, je...

— Comment ? demanda Antonella, l'air curieuse.

Pavlina la regarda dans les yeux. Antonella ne chercha pas à fuir son regard.

— Elle a été adoptée. En Grèce. Je ne sais pas où. Ni chez qui. Je l'appelle Andriana, mais je ne sais pas comment elle s'appelle vraiment.

Antonella la dévisagea avec une acuité extrême, laissa passer un moment de silence, puis chuchota :

— Ça alors...

— Vous dites ?

Antonella hocha la tête :

— Moi aussi j'ai été élevée par une personne qui n'est pas ma vraie mère.

— Vous êtes sûre ?

— Si je suis sûre ?

Antonella sourit, l'air surprise.

Elle a mes yeux, ma poitrine, mes cheveux, ma peau, se dit Pavlina.

— Vous pensez souvent à elle ?

Pavlina fit oui de la tête.

— Vous la cherchez ?

Elle regarda Antonella longuement.

— Peut-être que vous allez la retrouver un jour ? On ne sait jamais.

— Peut-être, dit Pavlina.

— C'est vrai ça, on ne sait jamais.
— Et vous..., demanda Pavlina.
Son cœur se mit à battre très fort. Elle fut soulagée d'être interrompue par une voix d'homme :
— Antonella ! On reprend !
C'était son entraîneur qui l'appelait depuis l'autre bord.
— Je dois y aller...
— Bien sûr. Allez vite.

Elles se croisèrent un peu plus tard dans le local des douches.
Elle a les aréoles noires, se dit Pavlina. Cela lui sembla naturel. Comme la date d'anniversaire, la nage, la peau, la poitrine, les yeux. Elle n'osa pas l'interroger davantage. Tout concordait.
Elle était noyée de bonheur.
Elles se retrouvèrent à la sortie. Pavlina reconnut Mme Perrin qui était venue chercher Antonella en voiture. Impossible de l'éviter.
— Maman, c'est la dame grecque dont je t'ai parlé.
La maman d'Antonella paraissait crispée. Elle tendit la main à Pavlina tout en la dévisageant avec curiosité :
— Nous nous sommes croisées chez Hautlé, n'est-ce pas ?
Sans attendre de réponse, elle lança à sa fille : [GG] Allez, monte ! [GD] et fit claquer la portière.
— Au revoir, madame, fit Antonella.
— Au revoir, répondit Pavlina.

Pour rentrer, Pavlina choisit le dédale des petites rues qui quadrillent le quartier de la Jonction. Comme si son bonheur y était mieux préservé. Elle traversa le petit pont, emprunta la rue Sainte-Clotilde, puis la rue des Bains jusqu'à Saint-Georges. Elle marchait lentement. Lorsqu'elle arriva place du Cirque, il était sept heures.

Elle s'arrêta pour embrasser Chrissoula et Myrto.

— Qu'est-ce qu'il se passe ? Tu m'as l'air à la fois bouleversée et radieuse, dit Chrissoula en la voyant.

— Je te raconterai demain. Tu me pardonnes ?

— Tu veux que je vienne chez toi ce soir ?

Pavlina secoua la tête. Chrissoula lui sourit, ouvrit ses bras, et Pavlina s'y blottit brièvement.

*

Elle n'arriva pas à trouver le sommeil. Elle sentait qu'elle était sur le point de saisir autre chose encore, quoi ? Elle se retourna vingt fois dans son lit. Au petit matin, épuisée, heureuse à mourir, elle finit par s'endormir.

Elle se réveilla brusquement vers sept heures, en nage, le cœur battant. Bien sûr ! La famille qui avait adopté Antonella était suisse. Le lien avec Spetses, c'était la maison des Suisses ! Sous le coup de l'émotion, Pavlina n'avait pas fait le rapprochement. Tout se tenait.

Antonella était Andriana.

XIII

Mardi 13 mai 1975

— Ta mère et ta tante sont mortes, Pavlina. Elles ont quitté ce monde à quelques heures d'intervalle. *Imakaritisses*[1].

Le père Kosmas avait dû batailler pour trouver le numéro de téléphone de la boutique. Il l'avait finalement obtenu par le consulat.

Pavlina était debout, le regard vide :

— Je ne comprends pas.

— Ta tante Fotini a rendu son dernier souffle hier après-midi à trois heures. Ta mère l'a lavée, habillée, puis elle l'a veillée jusqu'au petit matin. Vers cinq heures, l'*igoumeni* a passé et l'a envoyée se coucher. Ta mère ne s'est pas réveillée. *Tin sin horese o Theos*[2].

Le père ajouta :

— Je te serre dans mes bras et je te bénis, mon enfant.

1. « Les bienheureuses. »
2. « Dieu lui a pardonné. »

Cela faisait seize ans qu'elle ne les avait pas revues. Depuis qu'elle avait quitté l'île.

Elles l'avaient accompagnée au *Neraïda*. Lorsque sa mère avait soudain cessé de pleurer, Pavlina s'était dit que la honte l'emportait sur le chagrin, que sa mère était hantée par les explications qu'il lui faudrait donner : Pavlina est à Athènes, en maison de repos. C'est les nerfs. La mort d'Aris l'a bouleversée. Oui, à Dafni[1]. Malheureusement… Que voulez-vous…

— Mortes en même temps… ? Comme mon père et mon oncle… ?

— C'est vrai, dit Kosmas, je n'y avais pas pensé… C'est étrange…

Après un silence, le père ajouta :

— Leur enterrement aura lieu demain à quatre heures de l'après-midi. Viens, même si tu n'arrives pas à temps. J'ai à te parler. C'est important.

— Important ?

— Pour toi et pour moi, Pavlina.

— Je viendrai.

Petite, lorsque sa mère l'embrassait, rien n'était jamais léger. Il y avait toujours une censure du geste tendre, un retrait. Comme si sa mère s'interdisait l'élan.

Son père, lui, était tendre. Fier d'elle. Fier aussi qu'elle, Pavlina, soit fière de lui, qu'elle l'admire pour sa force, pour l'ardeur qu'il mettait à faire toute chose. Elle lui disait : « Tu prends les plus beaux poissons,

1. Hôpital psychiatrique.

papa. » Elle sentait qu'il recevait ses mots avec fierté et, à son tour, cette fierté emplissait son âme d'enfant d'un amour et d'une gratitude infinis pour son père.

Chrissoula insista pour être du voyage. Pavlina chercha à l'en dissuader :

— J'y arriverai.

— Je ne te laisserai pas, c'est tout, rétorqua Chrissoula.

Deux heures plus tard, elles étaient dans le bus de la Swissair qui faisait la navette entre la gare de Cornavin et l'aéroport.

Pavlina laissa son regard glisser sur la ville. Elle était belle. Elégante et rassurante. Sans aspérités. Une ville où le bonheur était bien réparti. Douze ans après son arrivée, Pavlina venait d'y retrouver sa fille. Elle n'allait plus chercher Andriana.

*

Dans le taxi, à Athènes, Chrissoula lui prit la main. Pavlina lui répondit par une pression.

— Qu'est-ce qu'il y a de beau dans tes pensées ?

Chrissoula lui caressa la joue du dos de l'index.

— Je pensais à la petite, dit Pavlina.

— J'avais compris, répondit Chrissoula.

La voiture emprunta la route du bord de mer, passa Alimos, Kalamaki, Edem. Au Vieux-Phalère, elle s'arrêta aux feux, devant l'hôtel Lido.

Chrissoula leva les yeux en direction de l'entrée. Ils étaient tous morts. Pavlos, *kiria* Katina, M. Panayotis, Stella. Tous ou presque. Pour Despina, elle ne savait pas.

Elle regarda en direction de la rue Zaïmi et fut saisie par l'émotion. L'épicerie était à deux pas, à l'angle de la rue Achilles, mais elle ne pouvait pas l'apercevoir. Il aurait fallu que le taxi fasse le tour du pâté par la rue Eantos. Elle hésita à le demander, puis renonça.

Elle avait vécu de belles années... Pavlos, qui lui parlait comme à une dame. Lefteris, son bachi-bouzouk, qui lui avait fait retrouver le plaisir et prononçait en turc des mots si crus et si beaux. Elle avait été comblée. Après l'accident de Pavlos, elle s'était sentie coupable. Mais c'était peu cher payé.

Pavlina était entrée dans sa vie. Elle sentit les larmes lui monter aux yeux. Elle se tourna vers Pavlina et fut tout à coup surprise de ne pas lire sur son visage l'expression qui la marquait, des années plus tôt, lorsqu'elle pensait que son enfant pouvait être tout près, à deux doigts, et qu'un sentiment d'immense défaite se lisait sur son visage.

La vie de Pavlina allait changer.

Du Pirée, elles descendirent à pied jusqu'à Marina Zea chercher leurs billets pour le lendemain. L'hydroglisseur partait à dix heures. A midi, elles seraient à Spetses.

*

Mercredi 14 mai 1975

Sur l'île, elles prirent une chambre chez Bardakos, à l'hôtel Soleil.

— Je te retrouve au monastère.
— Dieu te garde, Pavlina.

Le temps était doux. Elle évita leur maison d'Ayos Nikolas, suivit la *paralia* jusqu'au Vieux-Port et monta vers le monastère.
— Traversez la cour, lui dit la nonne qui tenait la loge d'accueil. Passez l'église. Vous trouverez la maison du père sur votre gauche. Il vous attend.

Au bruit des pas de Pavlina, Kosmas sortit, la regarda avec une attention intense, puis d'un coup lui sourit et lui ouvrit grands les bras. Ils s'éteignirent. Il la regarda à nouveau, de très près cette fois, les yeux plongés dans les siens :
— Je suis heureux de te voir, Pavlina. Les circonstances de ton retour sont tristes. Mais j'espérais que ce jour viendrait où je pourrais te parler. Le voilà. Et te voilà. Viens.

Le logement du pope était composé d'une petite chambre et d'une cuisine qui faisait office de salon. Par la porte entrouverte, Pavlina eut le temps d'apercevoir la cellule du père. C'était une pièce minuscule, peinte de blanc, meublée d'un lit étroit, d'une petite table, d'une chaise et d'un prie-Dieu sur lequel étaient posées deux icônes et une lampe à huile.
— Je vous écoute, mon père.
— Il est une heure et demie. L'enterrement est à quatre heures. Cela nous laisse le temps.

Le pope la regarda gravement.

— Jusqu'à hier matin et depuis trente-six ans, nous n'étions que deux à connaître l'histoire que je vais te raconter. Ta mère et moi. Cette histoire a marqué ta vie. Elle a aussi marqué la mienne. C'est une histoire lourde, Pavlina. Douloureuse. C'est aussi une histoire très belle. Faite d'amours fortes, de mort et de vie. Une histoire comme Notre-Seigneur en voit passer sous ses yeux depuis qu'il a créé le monde. Il observe, Il juge, et je crois qu'Il pardonne, lorsque les intentions sont chargées d'amour et les repentirs profonds.

— Je ne sais quoi comprendre, mon père...

— Prends patience quelques minutes. Je te dois une vérité. Je te la livre. Mais je ne sais pas si ma confession – car c'en est une, Pavlina, un prêtre se confesse à toi –, je ne sais pas si ma confession va alléger ton fardeau ou si elle va l'alourdir. Cette histoire a pesé sur ma vie de pauvre prêtre durant trente-six ans, et plus lourdement encore ces dix-sept ans derniers. Mais elle l'a aussi éclairée... Tout ça te semble sûrement confus. Va comprendre comment fonctionne le cœur des hommes... Enfin, je te dirai tout, sache-le.

Le père laissa passer un silence, puis reprit.

— C'est d'un triple secret que je veux me soulager, Pavlina.

— J'ai peur, mon père.

— Que Dieu te vienne en aide. Six mois avant ta naissance, ta mère est venue me voir. C'était un matin de novembre. J'officiais à l'église Saint-Spiridon, à Dappia. Tu te souviens de la petite église ?

— Là où ont eu lieu les funérailles de mon père et de mon oncle ?

— Exactement. J'ai cette rencontre en mémoire comme si elle s'était déroulée hier. Trois femmes assistaient au service de Yorthros lorsque ta mère est entrée. Anna, la femme de Tassos, tu te souviens, celle qui tenait l'épicerie juste à côté (Pavlina sourit), elle ne voulait pas partir sans m'avoir raconté que son mari ne désirait pas un troisième enfant. « C'est exagéré, trois enfants, dis-moi, mon père ? » Elle n'en finissait pas... Elle est morte il y a deux hivers, tu le savais ? (Pavlina fit non de la tête.) Je m'égare. Je deviens vieux, tu sais... Avant de venir à Spetses, j'ai été longtemps prêtre à Trikala, douze ans, c'est de là que venait ma famille... Mon père élevait des moutons... J'y avais pensé, tu sais, à élever des moutons, comme mes frères... Au fond, je suis devenu berger, moi aussi. Enfin... Maintenant, j'ai soixante-neuf ans...

Pavlina était impatiente. Et le père Kosmas n'en finissait pas de ses préambules. Et puis elle voulait lui raconter, pour Antonella.

— Je m'égare encore... Il y avait encore deux autres femmes... Je ne sais plus qui... Donc, je vois ta mère, je comprends qu'elle est impatiente de me parler. A la fin du service, les deux autres femmes partent tout de suite, je calme Anna, elle part aussi. Alors ta mère s'approche de moi et me dit sans manières : Je suis enceinte. Le ton n'est pas joyeux. Je savais qu'elle et ton père, enfin, Spiros, voulaient un enfant depuis longtemps. Ils s'étaient mariés avant Nikos et Fotini, qui eux avaient déjà Aris. Combien vous aviez de différence, Aris et toi ?

— Cinq ans, *pater*.

— Cinq ans, c'est ça... Ta mère est venue m'annoncer qu'elle attendait un enfant comme s'il s'agissait d'un drame. J'ai pensé qu'elle était malade, ou que la grossesse s'annonçait mal. Mais il s'agissait de tout autre chose. Tu comprends, Pavlina ? Tu devines ?

— Je ne sais pas de quoi vous me parlez, mon père.

— Ta mère t'attendait des œuvres d'un homme qui n'était pas son mari. Voilà. L'homme que tu as toujours considéré comme ton père n'était pas ton père. C'est le premier des trois secrets que je veux partager avec toi.

Kosmas s'interrompit et observa Pavlina. Elle attendait la suite sans broncher.

— La vie t'a habituée aux coups du destin… Voilà. Les circonstances dans lesquelles s'est déroulé l'acte de procréation étaient particulières. Je ne souhaite pas les juger. Je t'en parlerai tout à l'heure. Mais voici le deuxième secret, Pavlina. L'homme dont tu es la fille était Nikos.

— Nikos ? Mon oncle Nikos ?

— Celui que tu considérais comme ton oncle, répondit Kosmas.

— Alors, dit Pavlina, le regard chancelant, Aris… ?

Kosmas hocha la tête.

— Aris était ton frère.

Pavlina sembla glisser de sa chaise, le menton sur la poitrine. Kosmas se précipita dans la cour :

— Mon Dieu, aide-moi !

La gardienne accourut.

— C'est la fille de Magda !

— Je le sais bien, répliqua la nonne. Que s'est-il passé ?

— Que veux-tu qu'il se soit passé ? Elle a du chagrin, elle s'est sentie mal ! Viens m'aider.

Lorsque Kosmas et la nonne pénétrèrent dans la cuisine, Pavlina était revenue à elle.

— Je vais bien, dit-elle calmement à la nonne, laissez-nous.

Kosmas se rassit.

— Ça ira ?

— Ça ira, mon père. Continuez. Je vous en prie.

— Il y a dix-sept ans, lorsque ta mère est venue vivre au monastère, elle m'a remis une enveloppe. Elle m'a dit, je me souviens de ses mots : Prenez soin de cette photo. Je n'ai pas la force de la garder, et je n'ai pas le courage de la déchirer. A ma mort, si vous le pouvez, remettez-la à Pavlina. Veux-tu cette photo ?

— Bien sûr, répondit Pavlina.

Le père lui tendit une enveloppe. Elle en sortit une photo noir et blanc d'environ trois centimètres sur quatre, entourée d'un filet blanc aux bords dentelés.

Elle reconnut les lieux. La photo avait été prise à Dappia, devant chez Polltis, le confiseur. Habillés avec soin, Nikos et Magda entouraient Aris et Pavlina. Ils avaient un air emprunté, mais il se dégageait de la photo un sentiment de bonheur à la fois timide et fort. Pavlina regarda le prêtre :

— Mes parents, mon frère et moi ?

Kosmas hocha la tête. Pavlina retourna la photo. Au verso, sa mère avait calligraphié d'une écriture malhabile : *Spiros a fait cette belle photo. Appareil Kodak de M. Cole*. Au-dessous, elle avait écrit : *Fotini malade*. Pavlina se souvint du jour où la photo avait été prise. C'était la Pâque de l'année 1950. Elle avait dix ans, Aris quinze. Sa mère était rentrée de chez les Cole avec un appareil photographique dans lequel un film était entamé. Pour la remercier d'avoir aidé à tourner la broche, M. Cole lui avait offert les trois dernières photos. Pavlina se souvint que Fotini n'avait pas voulu faire la promenade. Aris avait insisté, mais ce fut sans succès.

— Puis-je continuer ? demanda Kosmas après quelques instants.

— Je vous en prie, infiniment.

— Je vais te raconter les circonstances dans lesquelles ta mère a commis un acte grave. Je souhaite que tu m'écoutes, pour que dans les jours, les semaines, les mois à venir, tu comprennes et tu pardonnes. Je le souhaite de tout mon cœur.

— Je vous écoute, mon père.

Kosmas raconta la nuit d'août 1939 et sa chaleur étouffante. La sortie en mer dans la moiteur du soir. L'insolation de Spiros, la quinine, le geste de Magda. Sa faute, très grave. Très humaine, aussi.

— Mon Dieu, Sainte Vierge ! s'écria Pavlina d'un coup. J'ai mis au monde l'enfant de mon frère !

— Tu as mis au monde l'enfant du plus grand amour, Pavlina :

Elle regarda le prêtre dans les yeux, longuement. Puis, d'une voix à peine audible, elle demanda :

— Mihalis, le docteur ? Il n'a pas demandé qu'on m'enlève l'enfant ? Il n'a pas eu peur que l'enfant ne soit pas normal ?

— Le docteur ne pouvait pas savoir, pour Aris. J'avais pris sur moi de n'en rien dire. Je voulais préserver les chances d'une adoption heureuse.

Pavlina regardait le pope, impatiente à nouveau de se raconter.

— Sois courageuse, Pavlina. Car voici le troisième secret. Pour celui-là, je n'ai que l'intuition de ta mère. Elle rejoint la mienne. Le jour où ton père et ton oncle, Spiros et Nikos, je devrais dire : Nikos et Spiros, sont morts, au matin de ce jour, Spiros avait compris que tu n'étais pas sa fille mais celle de son frère. Il en avait arraché l'aveu à ta mère. Voilà que ce même jour, les deux frères explosent l'un près de l'autre. Je ne crois pas qu'il y ait eu accident, Pavlina. Je pense qu'il s'agit d'un meurtre. Celui de ton père Nikos par son frère. Et d'un suicide, celui de Spiros.

— Sainte Vierge, murmura Pavlina.

Elle était livide.

— A lui aussi je souhaite que Dieu pardonne, dit Kosmas. Je le souhaite de tout mon cœur. Voilà. Tu sais tout. La malédiction des Louganis… Ils sont nombreux, sur l'île, à utiliser cette expression. Et voici ce qu'ils ajoutent toujours : « Les hommes cachent, le destin dévoile. » Ces dévoilements, ce sont nos petites apocalypses. La clarté a ses risques. La lumière ou le feu… Le destin dévoile et ensuite chacun souffre. Enfin… Dans cette histoire qui est aussi la tienne, il y a eu de la douleur, Pavlina.

— Beaucoup.

— Oui, beaucoup de douleur, tu as raison. Mais aussi de l'amour. L'amour mêlé à de la douleur. La vie… Et puis ma vie, Pavlina, ma pauvre vie, qui en a été bouleversée…

— Je ne comprends pas…

— Le soir où je suis venu vous voir, ta mère et toi, t'en souviens-tu ?

— Juste avant que je parte ? Bien sûr. Il pleuvait très fort. Votre manteau était si lourd…

— Eh bien, ce soir-là, Pavlina, j'ai reçu du Seigneur la mission de préserver la vie de ton enfant. J'ai compris qu'il me confiait une tâche sacrée. Ce soir-là, Pavlina, ni avant, ni après, j'ai été touché par la foi. Si j'ai pu poursuivre ma mission de pauvre prêtre, malgré les doutes, malgré la révolte, malgré les découragements, c'est à ton histoire et à ta douleur que je le dois.

Elle aurait voulu le prendre dans ses bras. Sans doute le comprit-il, tant elle le regardait avec tendresse, car il enchaîna, gêné :

— Pavlina, je veux te parler de ta mère. De comment elle a vécu ses dernières années. Et surtout ses derniers mois.

— Oui, mon père.

— Ta mère s'était imposé une vie de pénitence. Elle saisissait chaque occasion de jeûner. Tu le sais, nous en avons de nombreuses, dans notre Eglise. Au monastère, aucune tâche ne lui était trop ingrate. Elle a servi notre Christ aussi durement qu'elle pouvait le faire. Ta mère portait en elle la culpabilité, elle tenait à en payer le prix… Le Seigneur a compris qu'elle était sincère. Alors, dans Son infinie sagesse, Il lui a donné l'occasion de régler sa dette. Jusqu'au bout.

— Qu'est-ce qu'il a fait ?

— Il lui a confié Fotini. Ta tante était tombée malade voilà deux ans. Du monastère à votre maison d'Ayos Nikolas, il y a bien trois kilomètres. La descente est agréable, par des journées où l'air est doux. Mais le retour est une rude montée, tu le sais, tu viens d'en faire le trajet. Eh bien, durant près d'un an, ta mère a pris ce chemin sous les pluies de l'hiver et dans les chaleurs d'août. Elle consacrait chaque jour des heures entières à ta tante.

— Qu'est-ce que ma mère faisait pour elle ?

— Tout, répondit le pope.

Le pope décrivit comment Magda faisait les courses, s'occupait du ménage, préparait les repas, allait, venait. Après une douzaine de mois, la santé de Fotini avait empiré d'un coup. C'était l'hiver précédent. Un jour, au retour d'une consultation au Pirée, Fotini était sans force. Elle venait d'apprendre que son cancer s'était propagé. Il avait bien fallu qu'elle le dise, à qui sinon à Magda ? Pendant les mois qui avaient suivi, Magda avait fait le trajet deux fois chaque jour. Elle quittait le monastère à six heures et quart, après Yorthros, aidait Fotini à sa toilette, s'occupait de la maison, lui préparait le repas du midi, rentrait, repartait après Yesperinos, s'asseyait près d'elle pour le repas du soir, le partageait si elle n'était pas en période de jeûne, et retournait au monastère lorsqu'il faisait déjà nuit.

— Mais Fotini est morte ici ?

— A la fin de septembre, Magda a demandé l'autoisation de prendre Fotini dans sa cellule. Sinon, pour la soigner, il aurait fallu qu'elle quitte le monastère et s'installe chez elle. Vigoumeni a commencé par refuser, bien sûr. Les cellules des nonnes sont des endroits de prière et de purification de l'âme avant d'être des lieux d'habitation. Sans dévoiler aucun des secrets que je viens de partager avec toi, j'ai convaincu *l'igoumeni* d'accepter, et ta mère a pu héberger sa belle-sœur dans sa chambre. C'était pour son âme une voie de salut, la seule sans doute qui lui permettait d'apaiser sa conscience. Durant les quatre ou cinq mois qui ont suivi, ta mère s'est comportée en sainte. De ce mot, je connais le sens, Pavlina. Je l'utilise ici l'âme sereine, convaincu qu'aux yeux de Notre Seigneur ce mot est juste, qu'il a ici sa place.

— Où est-ce que ma mère dormait ?

— Tu as entraperçu ma cellule, tout à l'heure, n'est-ce pas ? J'ai vu ton regard glisser… Ah, Pavlina ! Malgré tous tes malheurs, au fond de toi il y a toujours une petite coquine si vive et intelligente ! (Pavlina sourit.) Oui, ce regard… Tu as tout compris… Eh bien, les cellules des nonnes sont encore plus petites que ma chambre. Ta mère a installé Fotini dans la sienne. Pendant trois mois, elle a dormi sur la chaise, Puis les choses se sont précipitées. Aux alentours de mi-décembre, la santé de Fotini s'est encore dégradée. Elle était secouée de souffrances si affreuses que les calmants n'arrivaient plus à l'apaiser. C'était la saison rude. Aujourd'hui est une belle journée, mais tu le sais, ici l'humidité nous dévore. Décembre et janvier ont été terribles. Les cellules n'ont pas de cheminée. Chacun se protège du froid et de l'eau en empilant sur lui autant de couvertures qu'il peut. Je dis de l'eau, car l'humidité est si forte que rien n'est sec ici, ni l'air, ni le sol, ni les murs. Même les draps sont mouillés.

— Fotini était si malade… Qu'a pu faire ma mère ?

Le père Kosmas raconta comment, pour soulager Fotini des douleurs, du froid, de l'humidité, de tout ce qui faisait de la fin de sa vie un calvaire, Magda s'allongeait près de sa belle-sœur durant la nuit. Elle se dévêtait, de façon que la chaleur de son corps apaise autant qu'elle le pouvait les tremblements de Fotini. Elle la tenait serrée contre elle, posant ses mains là où Fotini lui indiquait de le faire, pour atténuer ses douleurs. Une fin d'après-midi, au début de ce mois, Kosmas avait trouvé Magda étendue dans la nef, face contre terre, les bras en croix. Il l'avait aidée à se relever. Elle avait les yeux cernés. Elle était épuisée. Mais il y avait dans son regard une lueur sombre et belle. A sa question : « Qu'y a-t-il, Magda ? », elle avait répondu qu'une heure plus tôt, Fotini lui avait dit, de but en blanc : « Je te déteste. Toi et ta fille je vous déteste toutes les deux. » Magda avait répondu : « Je fais ce que je dois faire. »

Pavlina pleurait en silence.

— Fotini savait... ?

— Fotini savait tout. Depuis toujours.

Couvrant sa bouche de la main, Pavlina garda le silence durant de longues secondes. Kosmas ne la quitta pas du regard. Il attendait la question à venir. Elle se racla la gorge, déglutit et, le cœur battant, demanda :

— Pour moi ?

— Depuis que tu étais petite, elle savait. Elle n'en a rien laissé paraître à personne. Ni à son mari, ni à vous, ni à moi, à qui elle ne s'est ouverte que trois ou quatre mois avant sa mort, peu après son arrivée au monastère. L'envie de se venger de ta mère l'a imbibée durant trente-cinq ans. Mais voilà, elle n'a pas osé. Fotini était une sans-logis. Elle n'aurait pas su où aller… Alors elle est restée là, inerte, auprès de ceux qui l'avaient trompée…

— Comment a-t-elle su ?

— Voici ce qu'elle m'a raconté. Un jour de juillet, tu devais avoir trois mois à peine, ta mère t'avait laissée quelques instants dans ta poussette à l'arrière du jardin, là où, le matin, la maison protège du soleil. Elle avait prié Fotini, qui était à la cuisine, de jeter un coup d'œil sur toi de temps en temps. Pour je ne sais quelle raison, voilà que Nikos rentre à la maison. Fotini s'apprête à l'appeler lorsqu'elle le voit s'approcher du landau. Il te prend dans ses mains, te soulève, te monte de ses bras aussi haut qu'il le peut, te sourit, puis il te serre contre son cœur, te berce, t'embrasse et t'embrasse encore, te couvre de mots d'amour, te dit mille douceurs, t'appelle : Mon bébé, et pour finir éclate en sanglots en te serrant dans ses bras. Après quoi il te remet dans le landau, oublie sans doute pour quel motif il est passé à la maison, et repart à son travail. De la fenêtre de la cuisine, Fotini voit tout, entend tout. Au dîner du soir, son mari est défait. Elle lui demande comment s'est passée sa journée. Il répond, ta tante s'est souvenue de la phrase : « Je dois aller pêcher. » Or il revenait de la pêche…

— Alors pendant toutes ces années, Fotini m'a haïe ? Elle a dû vouloir ma mort…

— Elle en a voulu à tout le monde, Pavlina. A ta mère et à Nikos, bien sûr, à toi, même à Spiros qui n'a pas su garder sa femme. A compter de ce jour de juillet, elle n'a eu de cesse qu'elle n'épie chaque marque d'affection que te portait Nikos. Tu as eu l'amour de deux pères, Pavlina…

Elle ne dit rien. Kosmas laissa passer le silence.

— Fotini n'avait plus qu'Aris vers qui se tourner. Alors elle s'est perdue dans cet amour. Et son fils se tue… Le destin… En disant à ta mère : « Je te déteste », c'est-à-dire : « J'ai profité de ta détresse pour que tu me soignes jusqu'à épuiser tes forces », Fotini n'était plus une sainte. Et ta mère n'était plus seule coupable… Sans le vouloir, Fotini a allégé son fardeau. C'est ça, la consolation, Pavlina. Prendre une partie du fardeau de l'autre et le mettre sur ses propres épaules, comme on décharge une mule. C'est ce qu'a fait Notre Seigneur sur la croix, Il a pris sur Lui, pour nous tous. Fotini a consolé ta mère malgré elle.

La voix du père faiblit. Il s'arrêta quelques instants, puis reprit :

— Au seuil de la mort, elle a été guidée par la sagesse du Christ. Sa méchanceté a servi à faire le bien.

Un silence passa. Kosmas poursuivit :

— Avant-hier dans l'après-midi, Fotini est morte dans les bras de ta mère. Sa dépouille a été transportée dans la salle de veille, où ta mère est restée toute la nuit debout, à prier. Au matin d'hier, vers cinq heures, l'*igoumeni* l'a trouvée évanouie, étendue devant le cercueil de Fotini. Elle l'a ramenée à ses sens et conduite dans sa cellule. Ta mère s'est couchée à l'endroit où Fotini était morte quelques heures plus tôt. C'est là que vers huit heures, hier matin, on l'a trouvée sans vie.

Voilà, Pavlina, tu sais. Ton père et ton oncle sont partis ensemble dans la colère, ta mère et ta tante sont mortes dans les bras l'une de l'autre, enfin presque… La malédiction est achevée. Le bon Dieu t'aidera à trouver ton enfant, j'en ai la conviction profonde.

Pavlina était pétrifiée.

— Veux-tu que nous nous arrêtions quelques minutes ?

Elle fit non d'un geste de la tête, puis d'une voix très faible :

— Il l'a fait, mon père.

Kosmas sursauta :

— Que me dis-tu là ?

Pavlina raconta : Antonella, la date d'anniversaire, les yeux, la nage, la poitrine (il sourit), les cheveux, la maison des Suisses…

Le père Kosmas resta silencieux, le visage impassible.

— Justement, s'exclama Pavlina, comment s'appelait la maison du phare ? Elle appartenait à des Suisses, n'est-ce pas ?

— Oui, bien sûr, des Suisses, ils s'appelaient, voyons… Je crois qu'ils s'appelaient Magnin. Oui, c'est ça, Magnin.

Pavlina devint blanche d'un coup.

— Magnin, vous êtes sûr ?

— Magnin, j'en suis sûr. Mais tu sais, ta fille a pu être adoptée par des parents à eux, ou par des amis, ou encore par une autre famille qui venait de Suisse…

— Bien sûr, dit Pavlina, vous avez raison.

Le père Kosmas fronça les sourcils :

— Tu n'en as pas parlé ouvertement avec elle, comment l'appelles-tu déjà ?

— Elle s'appelle Antonella. Je l'ai toujours appelée Andriana. Depuis qu'elle est née, pour moi, c'est Andriana.

Le visage de Kosmas se détendit. Il sourit :

— Andriana… C'est bien. C'est un joli nom… Quel âge a-t-elle ?

— Dix-sept ans.

— Dix-sept ans ! Je me souviens de toi petite, tu sais ? Tu étais si heureuse de vivre ! Et tu nageais, tu nageais ! De la pointe de l'Armata jusqu'à l'église d'Ayos Dimitrios… Tu faisais la double crique d'une traite, de cette nage américaine que t'avait apprise mister Kol. Tu aimais tant nager… Tu étais bien la seule à Spetses à aimer ça ! Tu nages encore ?

— Je viens de recommencer…

— Bien sûr…

Pavlina resta quelques instants pensive, puis dit :

— J'ai peur, mon père. J'ai une peur inouïe.

— Mais de quoi ?

— Que ce ne soit pas elle. Mais aussi que ce soit elle… Je ne sais que penser. Je fais le compte des indices. Les yeux. La poitrine. Les aréoles. La peau. Les cheveux. La nage. Les Suisses. Le fait que ce n'est pas sa mère qui l'a élevée. Et la date de naissance, bien sûr. J'arrive à neuf. Est-ce possible qu'elle ne soit pas mon Andriana ? Et puis, mon père, ce regard qu'elle me porte… C'est, vous savez, comme si nous nous étions reconnues entre mille, entre cent mille… Un regard qui me dit : Je sais que c'est toi…

— Alors c'est le destin, Pavlina, il a voulu vous réunir.

Pavlina eut les larmes aux yeux.

— Dès ton retour, parle à Antonella.

— Je tremble aussi que ce soit elle… Elle a sa famille. C'est une enfant heureuse. Et puis ses parents adoptifs sont des gens importants. Ils ne vont pas lâcher leur fille. Pour eux, c'est leur fille… Et surtout pas à la femme qui n'a pas su la garder… Ils vont se défendre !

Le père hocha lentement la tête. Pavlina poursuivit :

— Je me dis qu'il vaut peut-être mieux ne rien faire. La voir de temps en temps à la piscine. La regarder. Etre heureuse de la voir heureuse. Ne pas tout gâcher en demandant trop…

Le père ne répondit pas.

De ses doigts, Pavlina écrasa les larmes qui baignaient son visage. Elle resta quelques instants immobile, puis mit la petite photo dans son sac et se leva.

— Ta mère a payé sa faute comme elle a pu. Ne la juge pas. Et Fotini a vécu une vie de chien…

Il s'arrêta, hésita, puis reprit :

— Il y a autre chose…

Elle attendit, figée, la main devant la bouche, les yeux grands ouverts.

— Tout à l'heure au cimetière, tu croiseras des amis d'enfance.

— Je le sais. Je l'appréhende…

— Chacun ici t'a gardée dans son cœur.

— Merci de me le dire, mon père.

— Il y a deux ou trois choses que tu dois savoir, Pavlina.

— Elles vont me peiner ?

— Je ne crois pas. Peut-être qu'elles vont te surprendre. Encore que…

Il fit une moue de la bouche, marqua une pause, et reprit :

— Voilà, autant que tu le saches. Thanassis s'est marié. Il a épousé Maraki, ta petite collègue, la sœur de Yannis.

Thanassis ! Pavlina n'en revenait pas…

— Eh oui ! poursuivit Kosmas. Ils ont trois enfants, et ils sont heureux, et même très heureux.

Thanassis et Maraki... Elle secoua la tête.

— Et ce gredin de Yannis ?

Elle aperçut un sourire balayer une fraction de seconde le visage du père Kosmas.

— Yannis n'est pas un mauvais garçon, Pavlina. Je sais ce qui s'est passé entre lui et Aris la veille du drame.

— Il a été cruel, dit Pavlina.

— C'est vrai. Il a voulu blesser Aris, il l'a poussé à la mort. Il en a été inconsolable. Voici ce que je souhaite te dire, ma Pavlina. J'ai beaucoup parlé à Yannis, il y a longtemps de cela. Pour Aris et Thanassis, il ne s'était aperçu de rien. Ses meilleurs amis le mettaient à l'écart. Alors, quand enfin il a compris, sa tristesse s'est transformée en méchanceté. Pour dire les choses crûment, il aurait voulu en être, lui aussi, si tu me comprends.

— Comment pouvez-vous en être si sûr ? C'est un sournois, Yannis...

— Calme-toi, Pavlina. Et surtout, écoute-moi. Les événements qui ont entouré la mort d'Aris et ton départ de Spetses ont bouleversé Yannis.

— Il en était responsable !

— Sans doute. En partie... C'est la raison pour laquelle il a été dévoré par la culpabilité. Ses remarques sur la virilité de ton frère et de ceux qui sont « de cette sorte » (le père utilisa le mot *tioutos*), il ne se les est jamais pardonnées. Alors, Pavlina, pour des raisons que ni toi ni moi ne pouvons comprendre ou juger, Yannis est un jour devenu « de cette sorte », lui aussi... Il a un ami au Pirée.

— Yannis ?

Elle écarquilla les yeux. Le prêtre hocha deux fois la tête.

— Sa façon d'expier sa faute ?

— Je ne sais pas. Peut-être sa façon de se rapprocher d'Aris ? Une manière de lui demander pardon ? de lui dire qu'il l'aime ? Va savoir… La culpabilité, Pavlina… Certains jours je me demande si ce n'est pas une idée que le diable a volée au bon Dieu. Quand elle s'insinue dans nos vies, elle nous dévore…

Pavlina se leva, s'approcha de Kosmas et l'étreignit :

— Merci, mon père. Merci pour tout.

— T'es-tu recueillie devant la dépouille de ta mère et celle de Fotini ?

— Je suis venue d'abord à vous.

— Et tu as bien fait. Tu peux maintenant leur parler avec plus de clarté. Sans doute s'agira-t-il d'une clarté naissante, aux reflets encore sombres. *O Theos mazi sou, Pavlinaki.* Ta mère et ta tante reposent dans notre petite église, tu es passée devant pour venir me voir. Elles sont veillées par les nonnes. La cérémonie débute dans une demi-heure. Va les retrouver. Vous avez des choses à vous dire.

*

Disposés côte à côte à droite de l'autel, les deux corps reposaient à découvert dans leur cercueil. Pavlina s'approcha de sa mère. Elle était vêtue de l'habit des nonnes, la tête couverte d'une coiffe qui ne laissait nus que le bas du front et le devant du visage jusqu'au menton. La maigreur de ses joues faisait ressortir l'ossature des mâchoires et donnait au visage une expression de dureté et de mépris.

Pavlina embrassa le front de sa mère. Elle murmura : « Je t'aime tant, maman. » Elle resta ainsi une longue minute, les deux mains posées sur les mains froides et rêches de Magda.

Devant le cercueil de Fotini, elle se pencha, l'embrassa sur le front, et murmura : « Merci pour Aris. Je t'aime, ma Fotini. Je t'aime tant. »

Elle était calme.

Elle alla s'asseoir au premier rang. Quelqu'un prit place à son côté. C'était Chrissoula.

La minuscule église s'emplit très vite. Toutes les nonnes du monastère étaient là, une vingtaine. Les gens de l'île occupèrent les quelques places encore libres. Quelques-uns furent contraints de se tenir debout sur les côtés ou à l'arrière de la nef, les autres restèrent dehors. Kosmas demanda qu'on laissât les portes ouvertes.

Ce qui fait la dignité d'un homme, dit le père dans son homélie, c'est sa capacité à vivre avec ses péchés. A les affronter debout. Ses péchés… (là, le père laissa un silence s'étendre, puis il reprit avec insistance) et ceux des autres ! Ce ne sont pas nos fautes que le Seigneur condamne, ajouta Kosmas. C'est notre manque de charité. Il y a des péchés d'où s'échappent de merveilleux reflets d'amour… (il utilisa le mot *antavya*, les reflets du jour naissant). La miséricorde n'est pas seulement d'essence divine. Chacun doit la chercher en soi et, grâce à elle, ne pas juger son prochain. Essayer de le comprendre. Fouiller son cœur. Découvrir les reflets d'amour cachés dans les plis de ses péchés. Et pour finir, l'aimer. L'aimer malgré tout. L'aimer de toutes ses forces, comme il voudrait qu'on l'aime, lui, s'il était dans la honte.

Il y a la vie, dit encore Kosmas, puis il y a la mort, et enfin il y a la Résurrection, la vie qui surgit de là où personne ne l'attendait, comme lorsque dans les Evangiles le Christ apparaît aux apôtres tantôt ici, tantôt là. Le mystère de la Résurrection, c'est le destin qui n'a pas dit son dernier mot... Lui n'est pas aussi pressé que le sont les hommes. Il faut lui laisser le temps...

J'ai retrouvé Andriana, mais Aris ne renaîtra pas, se dit Pavlina.

Devant le caveau des Louganis, elle s'accroupit et caressa la terre qui gardait le corps de son frère.

Elle pensa à Nikos et Spiros. Il faudra désormais que j'intervertisse, se dit Pavlina. Elle esquissa un sourire. Frère ou amant, oncle ou père, tante ou belle-mère. Tout se mélangeait. A tous la vie avait été dure. Elle les avait fait plier. Pavlina pensa aux mots du père Kosmas. Il y en avait, des reflets d'amour dans les péchés des Louganis. Des reflets profonds et magnifiques.

Pavlina ferma les yeux, posa ses doigts sur ses lèvres, et dit d'une voix faible : *Yassou, baba.* Son père, c'était, ce serait toujours Spiros. Son père adoré qui la regardait comme personne ne la regarderait jamais.

Après que la terre eut recouvert les cercueils de Magda et de Fotini, Pavlina remonta le petit coteau jusqu'à la grille d'entrée, où elle reçut les condoléances des gens de l'île. Elle retrouva cent visages. Le premier qu'elle reconnut fut celui de Petit Andonis. Il tenait toujours sa tête penchée à droite. « Je suis adjoint au maire, lui dit-il, je suis le responsable de la voirie. » Il était venu avec sa mère, *kiria* Maritsa, que les ans avaient toute fripée. Elle embrassa Pavlina : « J'ai fait construire un cinéma en plein air, le *Titania*. Dommage que ce ne soit pas l'été, je t'aurais invitée. » Elle ne payait jamais ses apprenties, se souvint Pavlina. Elle sourit. Dyonisis était toujours facteur. Il lui dit : « Maintenant, c'est autre chose, les gens écrivent de plus en plus. Mais, pour le courrier, je suis seul. Après moi, ils en mettront trois, tu verras... » Il riait de tout son visage. Dinos, qui avait vendu sa taverne, s'occupait d'élever des chèvres dans les collines qui surplombaient Ayii Anarghiri. Theodoris avait racheté la menuiserie. Il avait épousé l'une des filles d'Ilias, l'électricien, celui qui avait un grand nez, mais ses deux filles étaient ravissantes, et l'autre avait épousé l'un des fils de Patralis, qui avait repris le restaurant de son père à Kounoupitsa. Un soir, par dépit, Pavlina y avait envoyé un couple de nouveaux mariés. Qu'est-ce qu'ils voulaient encore ? Elle se souvint qu'ils cherchaient des *htapodi*, et Pavlina ne voulait pas les voir s'installer à leur table. Elle voulait être seule avec Aris... Ça s'était passé le jour où l'ancre du *Dio Adelfia* avait été prise sous un rocher. Elle avait plongé, et Aris, qui avait glissé, s'était retrouvé le bras sur ses seins. Quand il l'avait enfin remontée à bord, elle tremblait tout entière de ce contact. Elle frissonna.

Maraki et Thanassis se tenaient par le bras. Thanassis pleurait. Pavlina les embrassa. Elle se demanda si les aréoles de Maraki étaient toujours aussi claires que lorsqu'elle les avait découvertes, un jour où elle lui avait apporté un tissu de la part de Mme Maritsa, et que le dos de Maraki était couvert de ventouses. A nouveau elle sourit. Elle avait fait exprès de tendre le tissu, pour voir les seins de Maraki.

Puis vinrent Ghikas et Eleftheria, toujours aussi beaux, très vieux, magnifiques. Leur fille Katina venait d'accoucher d'un troisième, encore un garçon, alors elle n'avait pas pu venir, mais elle la saluait bien.

Peut-être qu'Antonella aurait un jour trois garçons.

C'était au tour de Tassos et de ses fils. Pavlina se tourna vers Chrissoula pour lui dire que lui aussi était épicier, qu'il faisait son miel, ses olives, que l'hiver il préparait lui-même la *lakerda*[1] pour la vendre aux hôtels où Nikos et Spiros apportaient le produit de leur pêche, dans le temps.

Après une heure de souvenirs et d'affections échangés, le cimetière s'était vidé. Les gens de l'île étaient remontés à l'esplanade du monastère. Pavlina s'apprêtait à les rejoindre avec Chrissoula lorsqu'elle remarqua un homme qui se tenait immobile près de la tombe d'Aris.

C'était Yannis. Il n'avait pas osé s'approcher. Pavlina le regarda longuement. Elle pensa à ce que venait de dire le père, aux reflets d'amour qui se cachent dans les plis des péchés. A l'obligation de comprendre. De pardonner. Elle eut un instant d'hésitation. Puis elle lui tourna le dos et remonta vers l'esplanade.

1. Bonite salée.

Les nonnes offraient du café et de la confiture de griottes. Il y avait une légèreté dans l'air. Les gens de l'île étaient souriants, tenant qui une tasse, la soucoupe posée sur la paume, qui une portion de confiture que les nonnes servaient dans de petites coupes d'étain. Ils semblaient heureux de la voir parmi eux.

Pavlina s'approcha du père Kosmas. Elle le regarda avec émotion.

— Je dois partir.

— Que Dieu soit avec toi et avec ta fille, répondit le père.

Ils s'étreignirent. Pavlina prit le bras de Chrissoula. Elles parcoururent sur une centaine de mètres la petite route qui descendait du monastère. De là, un sentier bifurquait vers la droite en direction du phare.

— Je te retrouve à l'hôtel, dit Pavlina.

Elle regarda son amie quelques instants dans les yeux, sans rien dire. Puis elle ajouta :

— Tu crois qu'elle va m'aimer ?

Chrissoula la pressa longuement contre elle.

*

Au fil du sentier qui menait au phare, des mélanges d'odeurs la renvoyèrent à son enfance. Ce fut d'abord le parfum d'un épais arbuste de jasmin. Il la poursuivait encore alors que Pavlina dépassait une masure devant laquelle traînaient une dizaine de chèvres. Un peu plus bas, c'étaient les relents d'un cheval, immobile à son piquet. Pavlina passa devant un gardénia et soudain la senteur de la fleur et le bouquet de l'animal formèrent un tout parfait. Plus bas encore, la proximité d'une glycine et de trois citronniers déclencha en elle une émotion inattendue.

Elle se sentit légère.

Mr & Mrs Gerald Woods, disait la petite plaque de marbre blanc vissée sur le portail de bois. La maison des Suisses avait donc changé de propriétaire. Elle était toujours majestueuse, avec son toit plat, toute peinte de blanc. Pavlina emprunta le sentier qui la contournait et arriva au ponton. Les planches étaient grises, mais il lui sembla bien que c'étaient les mêmes planches qu'il y avait dix-sept ans, larges et solides. Elles avaient subi l'usure de la mer. Pavlina s'assit, posa ses mains sur les planches et les caressa doucement.

A sa droite, Spetsopoula baignait dans le soleil d'après midi. C'était une lumière douce et claire. Son regard se porta sur la petite île d'Ayos Yannis et son église minuscule, bleu et blanc. Dans les eaux qui la séparaient de Spetsopoula, son père et son oncle étaient morts dans la violence, un jour de février, vingt-trois ans plus tôt. Pavlina caressa des yeux le bras de mer qui séparait les deux petites îles.

Sur la côte du Péloponnèse, elle repéra le phare d'Ayos Emilianos et la baie de Tigani, où le corps d'Aris avait été retrouvé, un matin d'août 1957.

Avec toi la vie a été injuste, mon Aris, pensa Pavlina. Tu n'as pas été aimé comme tu méritais de l'être. Ni par Takis. Ni par Thanassis et ses gredins d'amis. Ni par ceux de l'île, qui t'auraient tué autrement. Tu n'as fait que les prendre de vitesse. Et moi non plus, je n'ai pas su t'aimer comme j'aurais dû le faire, mon Aris. Sinon tu ne serais pas parti.

Elle se leva et regarda longuement la baie de Tigani.

Je l'ai trouvée, Aris, dit Pavlina à voix haute.

Puis elle emprunta le sentier qui menait au phare et, de là, à Dappia.

La perspective de rentrer à Genève la fit frissonner.

XIV

Jeudi 15 mai 1975

Myrto les attendait avec impatience. Elle était inquiète, voulait savoir.

— Tout va bien, la rassura Chrissoula.

Sans prendre le temps d'ouvrir leurs bagages, elles se rendirent à la Cave-Valaisane. Pavlina raconta tout à Myrto. Elle était sereine.

— Sa vie s'illumine, dit Chrissoula à sa sœur.

— Tu vois, j'avais raison, enchaîna Myrto. Tu as bien fait de venir à Genève ! Le destin t'a récompensée !

— Je ne sais plus où j'en suis, dit Pavlina.

— Le destin fait et défait les choses à sa manière, Pavlinaki. Il est capricieux… Chrissoula et moi, nous sommes nées en Asie Mineure, nous avons connu la guerre, nous nous sommes réfugiées en Grèce, nous nous sommes mariées, nous avons perdu nos emplois, nos maris, et nous vivons l'une près de l'autre ici, à Genève, avec toi, Pavlina, qui as aussi tout perdu, ton Aris, ta fille, ta mère, ton père – et même deux fois, tu l'as perdu, lui (elle rit, Pavlina sourit) – et te voilà avec nous, et voilà Antonella qui retrouve sa maman, comme toi tu as perdu deux fois ton papa – enfin, ce n'est pas tout à fait la même chose, mais…

— Tu mélanges tout, lança Chrissoula.

— Est-ce ma faute ? rétorqua Myrto. Je mélange parce que le destin passe son temps à nous prendre de vitesse. Il nous enlève ce que nous avons et puis il le remplace par autre chose, c'est comme si…

Elle hésita quelques secondes, puis ajouta :

— Comme s'il regrettait et qu'il voulait se rattraper…

Chrissoula, qui la regardait d'un air pensif, fit pour elle-même :

— Le père Kosmas a dit qu'il faut lui laisser le temps de dire son dernier mot…

Un silence passa.

Pavlina lui raconterait. Elle lui expliquerait pourquoi. Antonella comprendrait. Elle se demanda si elle lui dirait, pour Aris. Oui pour la fraternité. Mais pas tout de suite. Pour l'homosexualité, ce serait non, bien sûr. Ou alors beaucoup plus tard. Ça dépendrait de comment Antonella aimerait son père. Elle se réjouit de lui raconter qu'elle l'avait vue de dos, trois fois, dans les Rues-Basses, lorsque Antonella était enfant. Elles en riraient.

Antonella la serre dans ses bras, lui demande comment elle peut l'appeler. Ses parents adoptifs comprennent. Ils sont souriants. « Maintenant vous faites partie de la famille. Antonella est notre fille à tous. »

Antonella les regarde se parler, les yeux brillants de bonheur.

Pavlina est perdue.

— Peut-être qu'il faut laisser au destin le temps de nous aimer à nouveau, dit Chrissoula.

— Il faut s'adapter à lui, poursuivit Myrto. A quoi bon lui résister ? De toute façon, c'est lui le plus fort. Moi, avant, j'aimais l'*avgolemono*[1] et les *htapodi.* Maintenant ma vie a changé, et j'aime la raclette ! C'est mal ?

Les retrouvailles ne se passent pas bien. Les parents sont cassants. Antonella la regarde avec mépris. « Tu t'es débarrassée de moi », lui disent ses yeux.

— C'était une bonne idée de venir manger la raclette ici, fit Chrissoula. Ils sont les seuls à la faire au fromage de Bagne. Qui en partage une dernière avec moi ?

— Et aux Armures, ils la font avec quel fromage ? demanda Myrto.

— Aux Armures ? Je ne sais pas. Il y a longtemps que nous n'y avons plus été.

— On pourrait y inviter Antonella, dit Chrissoula.

Elle ajouta, s'adressant à Pavlina :

— Tu lui demanderas ? Peut-être qu'elle n'aime pas la raclette ?

1. Plat en sauce à base d'œuf et de citron.

Est-ce que le destin veut vraiment se rattraper ? Cette idée prit Pavlina de court.

Quand elles rentrèrent, Chrissoula lui demanda :
— Tu veux que je vienne ce soir ?
— Viens, répondit Pavlina.

XV

Lundi 19 mai 1975

Assise sur les marches de travertin, Pavlina était d'une nervosité si grande qu'elle n'avait pas réussi à repérer Antonella parmi la quinzaine d'adolescents qui participaient à la séance d'entraînement.

Tout allait s'éclaircir. Sa vie allait changer. S'illuminer. Exploser. Sûrement qu'Antonella se préparait elle aussi à vivre un moment d'une même force. Elle avait été interrompue dans son aveu. Elle n'avait sans doute pas cessé de penser au moment où elle pourrait le reprendre, l'achever.

Pavlina se demanda comment elle allait vivre la joie qui l'attendait.

Peut-être que je mourrai de bonheur.

Antonella apparut devant elle, ruisselante. Des deux mains elle tenait sa serviette contre sa poitrine. Une princesse, se dit Pavlina.

— Je vous ai attendue…

Antonella sourit, ajouta :

— Tous les jours.

— J'étais en Grèce.

Pavlina hésita à poursuivre. Elle ne voulait pas lui parler de sa mère. Elle risquait de tout mélanger.

Antonella restait debout, immobile, accrochée à sa serviette serrée contre elle, ne pensant pas à s'essuyer. Elle la regardait intensément.

Il faut que je me risque, se dit Pavlina. Que je saute. Si ce n'est pas aujourd'hui, ce sera demain. Ou la semaine prochaine. Ou celle d'après. J'y vais. Je saute du dixième étage. Ça y est. J'ai sauté.

— Vous me disiez, l'autre jour… Ce n'est pas votre mère qui vous a élevée ?

Elle tenait sa main droite devant la bouche et la sentait qui tremblait.

— Non, dit Antonella en souriant.

— Alors la dame aux cheveux gris… ?

— N'est pas ma mère, non…

— Vous êtes sûre ?

Antonella rit :

— Vous êtes drôle ! Vous m'avez déjà posé la question l'autre jour. J'en suis certaine ! (Elle rit encore.) C'est Isabelle, la deuxième femme de mon père.

— Et vous… ?

Pavlina touche le sol à la vitesse que donne un saut de dix étages dans le vide. Son corps s'écrase dans un bruit sourd. Pavlina n'est plus qu'une masse inerte.

— Et moi je suis sa fille !

Antonella souriait avec douceur.

— La fille de mon père, j'entends. Et de ma mère, qui est morte.

Elle n'était plus que cela. Une masse inerte qui ne sentait rien. Ni peine, ni tristesse.

— Mon histoire vous attriste... Il ne faut pas ! Vous savez, je n'ai pas vraiment connu ma mère.

— C'est difficile.

Elle ne comprit pas ce qu'elle venait de dire. Elle était sur le trottoir, au bas de l'immeuble, après avoir chuté de dix étages dans le vide.

— J'avais vingt mois, reprit Antonella. Alors...

Elle était lourde de partout, les bras, les jambes, les épaules. Comme au réveil, après l'accouchement.

Antonella continuait de sourire. Un sourire léger. Le silence s'installa. Antonella le rompit :

— Mon père dit que je lui ressemble de plus en plus... Je crois que c'est vrai, je le vois sur les photos. Ma mère était romaine... D'ailleurs, vous savez...

Elle sourit plus largement, dévisagea Pavlina, ajouta :

— C'est drôle...

— Je dois y aller, dit Pavlina.

Elle se leva. Antonella la regarda sans comprendre :

— On se voit bientôt ?

— Bientôt, dit Pavlina.

Elle avait parlé d'une voix inaudible. Puis elle s'était levée. Antonella lui tendit la main.

Pavlina avait les yeux hagards. Elle répéta : « Je dois y aller », lui tendit la main gauche, se retourna et se dirigea vers les vestiaires.

La perspective d'annoncer à Chrissoula et à Myrto qu'Antonella n'était pas sa fille l'inondait de honte.

Elle emprunta le petit pont qui enjambait l'Arve et remonta lentement le quai en direction de la Jonction. Après avoir marché une dizaine de mètres à peine, elle était à bout de forces et dut s'asseoir sur un banc. Un sentier très étroit, surplombé d'une barrière, séparait le fleuve de la promenade. Le garde-corps s'interrompait çà et là pour permettre aux passants d'accéder au bord de l'Arve. Les eaux étaient tourbillonnantes.

Elle pourrait contourner la barrière, dévaler la petite butte et se glisser dans les flots. Se laisser faire. Elle n'aurait pas à bouger. Le fleuve la bercerait. Tout serait fini très vite.

C'était déjà fini. Il n'y aurait plus d'Andriana. Plus de traque. Plus d'espérance.

Elle s'éloigna du banc, redescendit le quai à pas traînants en direction du petit pont, et s'engagea dans la rue Sainte-Clotilde. Arrivée devant la boutique, elle constata que Myrto était déjà partie. Elle regarda sa montre. C'était huit heures et demie. Myrto avait dû quitter depuis deux heures.

Elle ressentit à nouveau le besoin de s'asseoir. L'idée de rentrer chez elle lui parut insupportable. Elle remonta le boulevard jusqu'au rond-point de Plainpalais et s'engouffra dans un bus choisi au hasard. Il avait à peine démarré qu'elle fut prise par l'angoisse. Elle était sans billet et eut peur de se retrouver dans les locaux de la police. Elle descendit du bus à la rue du Stand, se mit à marcher aussi vite qu'elle le pouvait, et se retrouva cinq minutes plus tard à l'entrée de Cornavin.

La gare était presque vide. Pavlina traversa le hall central et entreprit de remonter la rampe qui menait aux quais lorsqu'elle fut d'un coup entourée d'une nuée de voyageurs.

Ils marchaient vite. Il y avait dans cette masse de gens quelque chose de frivole et de précis. Ils savaient où ils allaient. Ils avaient un propos. Des gens normaux, se dit Pavlina. Pressés d'être quelque part. De retrouver quelqu'un à qui ils diraient [GG] mon [GD]. Mon Pierre, mon Georges, ma Jeannette.

Elle rebroussa chemin et se laissa porter par le flot des voyageurs qui débouchaient sur la place Cornavin. Elle leva les yeux et repéra l'immeuble où seize ans plus tôt elle avait connu Yorgos. Elle n'en ressentit aucune émotion.

Elle traversa la place et descendit la rue du Mont-Blanc jusqu'au lac. Il était dix heures et quart lorsqu'elle arriva place du Cirque.

Elle ne s'arrêta pas chez les sœurs, qui étaient sans doute inquiètes, et se promit de leur téléphoner plus tard.

Arrivée dans son appartement, elle trouva Chrissoula debout au milieu du salon, en robe de chambre, le visage décomposé.

Elle regarda Pavlina avec appréhension :

— Ce n'est pas elle, n'est-ce pas ?

Pavlina baissa les yeux et s'assit lourdement sur le canapé. Chrissoula secoua la tête, lentement, comme lorsqu'on prend acte d'un désastre, et s'installa à côté de Pavlina. Elle laissa passer un long silence, puis demanda :

— Tu veux me dire ?

Pavlina raconta. Chrissoula l'écouta sans broncher. Pavlina ajouta :

— Je ne la retrouverai pas...

Puis elle dit :

— Je suis fatiguée.

Elle s'arrêta encore, hésita, dit enfin :

— Je ne la chercherai plus.

Chrissoula lui prit la main. Elles restèrent ainsi plus d'une heure, sans parler. Puis Chrissoula fit soudain :

— Regarde-moi dans les yeux.

Pavlina se tourna vers elle. Chrissoula reprit :

— Il y a une place vide dans la vie de cette petite.

Pavlina ne dit rien.

— Elle n'est pas ta fille, c'est entendu. Et alors ?

Chrissoula s'interrompit, réfléchit quelques instants, puis demanda :

— Est-ce que tu m'aimerais plus si j'étais ta mère ?

XVI

Jeudi 22 mai 1975

Elles se retrouvèrent au bord du bassin et se regardèrent en silence, avec attention, comme quand, après une longue séparation, on cherche à retrouver un trait, une faiblesse, pour se rassurer.

Antonella se lança :

— Vous aviez pensé que…

Pavlina avait la gorge nouée.

— Je n'avais pas compris, ajouta Antonella.

Elle laissa passer un silence, puis dit :

— Pardon.

Ses traits étaient défaits. Elle fit un geste de l'épaule, comme une fatalité :

— Moi, je ne retrouverai jamais ma vraie mère.

— Moi non plus, je…, répondit Pavlina.

Elle avait parlé avec un chat dans la gorge. Elle s'éclaircit la voix, fit mine d'ajouter quelque chose, et pour finir ne dit rien.

Antonella resta pensive quelques secondes. Puis elle chercha franchement le regard de Pavlina, sourit et demanda :

— On nage ?

Elles parcoururent huit longueurs côte à côte.

En quittant l'eau, elles étaient gênées.

Elles se dirigèrent vers les vestiaires. Antonella tenait sa serviette sous le bras. Pavlina avait revêtu un peignoir.

Dans le local des douches, elles se séparèrent à nouveau. Puis elles se retrouvèrent. Antonella, qui avait fini la première, attendait Pavlina. Elle tenait son maillot en main. Enroulée autour d'elle, sa serviette la recouvrait des aisselles jusqu'aux genoux.

Elles allèrent retirer leurs vêtements et se dirigèrent vers les cabines. Devant l'une d'elles, Antonella dit :

— On peut s'y mettre à deux.

Pavlina la regarda intensément. Elles entrèrent.

Pavlina s'assit sur la banquette et leva la tête en direction d'Antonella. Elle vit qu'elle avait les yeux gorgés d'eau. Mais ses larmes ne coulaient pas. Elles restaient sur le cristallin.

Antonella tremblait. Elle tendit lentement le bras et déplaça les pans du peignoir de Pavlina, lui dénudant le ventre, le bas-ventre et une partie de la poitrine. Puis elle laissa choir sa serviette et resta nue.

Elle a les aréoles sombres, pensa Pavlina. Mais pas aussi sombres que les miennes.

Antonella s'assit à son tour sur la petite banquette. Maintenant elle tremblait de tout son corps. Elle se pencha sur le côté, puis lentement posa sa tête sur le ventre de Pavlina. Avec douceur, Pavlina posa sa main sur la joue d'Antonella et, de la paume, lui effleura les lèvres.

Achevé d'imprimer par N.I.I.A.G.
en avril 2008
pour le compte de France Loisirs, Paris

N° d'éditeur : 51488
Dépôt légal : mai 2008
Imprimé en Italie